청춘을 다시 산다면

마흔세 살에 쓰는 자서전

청춘을 다시 산다면

발　행 | 2022년 9월 2일
저　자 | 김신웅
펴낸이 | 한건희
펴낸곳 | 주식회사 부크크
출판사등록 | 2014.07.15.(제2014-16호)
주　소 | 서울시 금천구 가산디지털1로 119 SK트윈타워 A동 305호
전　화 | 1670-8316
이메일 | info@bookk.co.kr

ISBN | 979-11-372-9191-1

값 14,000원
www.bookk.co.kr

청춘을 다시 산다면

김신웅 지음

서문

: 내가 다시 청춘을 살 수 있다면

이 책의 아이디어는 변화경영사상가 구본형 선생님으로부터 시작된다. 선생님의 첫 번째 자서전이 <나, 구본형의 변화 이야기>였다. 이 책이 몇 년 후에 <마흔세 살에 다시 시작하다>라는 개정판으로 출간되었다.

구본형 선생님은 50살쯤에 첫 자서전을 내고 이런 말씀을 하셨다. '40대의 10년 후부터 시작하게 된 것은 공교로운 일이었다. 만일 20대나 30대부터 기록할 수 있었다면 훨씬 젊은 시절에 나의 세계를 가질 수 있었을 것이다. 적어도 그때 10년 후의 세계를 예비했을 것이다.' 이 말에 영향을 받아, 아무런 유명세도 없지만 나 또한, 자서전을 써 보기로 마음을 먹었다.

선생님은 평범한 사람의 위대한 이야기, 즉 유명한 인물들이 아니라 각 개인이 남기는 자신의 미시적 역사를 말씀하셨다. 그리고 세상에는 평범한 사람이 없다고도 하셨다. 아직 자기 속에 내재하는 비범함을 끄집어내지 못했기에 우리는 평범한 사람으로 불린다는 것이다.

　"어느 날 책을 읽다 여든다섯 살 된 병든 할머니가 쓴 쪽지가 눈에 들어왔다. '내가 다시 살 수 있다면 많은 착오를 범하고 싶다. 지금 살았던 것보다 더 어리석게 행동하고 싶다. 사실 인생을 살며 심각한 일이 어디 그리 많겠는가? 그러니 더 미친 척 행동하고 싶다. 더 많은 기회를 가질 것이며, 더 많은 여행을 할 것이며 더 많은 산을 오르고 더 많은 강을 건널 것이다…….'"

　위 내용도 선생님의 책에 나오는 이야기다. 나는 우연히 내 삶을 정리하면서 청춘들에게 애정을 갖게 되었다. 마흔 살이 조금 지난 나의 상황에서 할 수 있는 말이, 청춘을 막 지난 시절의 이야기이기 때문이다. 그래서 책 제목도 '청춘을 다시 산다면'이라고 정했다.

올해 내 나이가 우연히 마흔세 살이다. 그래서 부제에 '마흔세 살에 쓰는 자서전'이라고 붙여 보았다. 선생님을 따라 하는 것 같지만, 선생님은 앞서 길을 열어 개척해 준 훌륭한 분이라 생각한다.

나는 개인적으로 내 인생을 정리하며, 나의 과거 모습을 잘 살펴볼 수 있었다. 난 항상 정체성 혼란으로 많은 고민을 했었는데, 이 책을 쓰면서 나를 더욱 잘 이해하게 되었다. 평범한 사람이 쓰는 비범한 이야기, 즉 이 세상에 하나밖에 없는 내용 속으로 독자 여러분을 초대한다.

2022년 9월

김신웅

목 차

자서전 Ⅴ. 직업

자서전 Ⅵ. 사람

자서전 Ⅶ. 성장

자서전 I. 진로

1. 방향

내 이야기를 함에 있어 난 진로를 가장 먼저 선택했다. 그만큼 내 인생에서 중요한 사항이었기 때문이다. 왜냐하면, 나의 아버지는 탄광에서 일하시다가 내가 8살쯤에 다치셨다. 그 후 현재까지 산업재해 근로자로서 살아오셨다.

한 가정에서 아버지의 역할은 중요하다. 그리고 아버지를 비롯해 어머니도 가정 형편이나 생활상으로 볼 때 마음과 경제적 여유가 없는 분들이셨다. 그래서 우리 삼 남매에게 충분한 관심을 쏟아주지를 못하셨다.

어린 시절 위와 같은 불안정한 환경에서 성장했기에 나의 마음은 내가 의식하지는 못했겠지만, 매우 불안했을 것이다. 게다가 나는 1살 때 라면 끓이는 물에 머리를 화상 입어 머리카락 있는 부분의 절반이 상처를 입었다. 다행히 가발이나 모자를 쓰면 다른 사람들 눈에는 띄지 않는다.

위의 2가지 가정환경이 불안정했던 것과 나의 머리 화상은 내 청소년 시절 나를 주눅 들게 하고, 부끄러움이 많은 사람으로 자라게 했다. 먼저 경제적 불안정은 열심히 공부해서 빨리 성공해야 하겠다는 마음을 내게 심어 주었다. 그리고 마음이 불안정했던 것은 고2 때 신경증으로 나타나기에 이른다.

고등학교 2학년쯤 되면 학교에서 인문계 학교에서는 희망 전공과 진로를 선생님과 간단히 이야기 나누게 된다. 난 별로 생각 없이 청소년을 살아왔으므로, 지금 돌아보면 그만큼 내적 억압이 심했을 것이다. 그냥 경영학과에 가야겠다는 생각을 했다. 그냥 남들이 많이 선택하는 무난한 학과라서 그렇게 떠올렸을 것이다.

그러다 고3 때 수능을 치고, 내가 생각한 것보

다 성적이 좋지 않게 나왔다. 난 그때 신경증 증상을 보여 수능 한 달 전부터 매우 예민해서 거의 공부를 하지 못했다. 이때 복습이 중요한 시기였는데 그냥 그 기간을 날린 것이다. 난 아쉬움에 재수를 하기로 마음을 먹고, 그때는 아무 전공에 지원했다.

그리고 재수 생활이 시작되었다. 난 매우 열심히 할 것으로 기대했는데 현실은 전혀 반대였다. 부끄러움이 많던 나는 밖으로 나갈 수가 없었다. 이때 시내의 독서실이라도 다녔으면 공부를 좀 했을 텐데, 난 그냥 집에서 공부하기로 선택했다. 그리고 그 시간을 그냥 텔레비전만 보며 허비했다.

어머니가 식당 주방 일을 하러 아침에 나가시면, 안방 문을 잠그고 나가셨는데 난 베란다 창문을 통해 몰래 안방에 들어와 하루의 절반을 텔레비전 앞에 있었다. 이것은 복잡한 상황에 대한 회피였을 것이다. 그리고 난 창문을 몰래 조금만 열고, 학생들이 놀이터에서 노는 걸 숨어 지켜보기만 했다. 그만큼 이때의 난 수줍음이 최고치였다.

아버지는 상태가 안 좋아지셔서 국립 안동병원 정신과 병동에 자주 입원을 하셨다. 이 시절에도 입원하고 5월쯤에 퇴원하셨다. 그런데 난 그때에도 정신을 차리지 못하고, 여전히 텔레비전을 보거나 내 방에서 노래를 듣거나 했던 것 같다.

수능이 코 앞인 100일 전이 다가오자 이때서야 난 발에 불이 떨어진 사람처럼 죽어라 하고 공부했다. 3월에는 재활의학과 의사를 꿈꾸기도 하고, 5월에는 물리치료사가 되고 싶기도 했다. 그런데 수능을 치르고 나니 점수가 작년과 똑같이 나왔다.

난 대학진학 안내서를 사서 그날부터 샅샅이 책을 파헤쳤다. 그래서 찾아낸 곳이 숭실대 야간 법학과였다. 다행히 사탐과 과탐 그리고 영어가 점수가 잘 나왔는데, 그 과목에 가중치를 주었다. 그리고 농어촌 지원이 가능해서 원서를 넣었고, 결국 합격했다.

난 이때 매우 기뻤다. 열등감으로 짓눌려 있던 동네를 떠나, 아무도 나를 알지 못하는 서울로 학교를 가는 게 매우 기분이 좋았기 때문이었다. 지금 선택하라 하면, 난 가까운 곳에 있는 안동대 법학과를 진학했을 것이다. 전공을 다르게 선택하라 하면, 철학과나 심리학과 혹은 물리치료학과에 들어가고 싶다.

아무튼, 집의 경제적 사정은 고려치 못하고, 급하게 학교 앞 작은 전셋집을 아버지께서 구해 주셨다. 난 가발을 쓰고 지내, 하숙집은 생각하지 않았고, 이때에는 고시원이란 곳을 전혀 알지 못했다. 난 부모님이 없는 형편에 서울에서 살게 도와주셔서 매우 열심히 공부하기로 마음을 먹고 입학을 기다렸다.

참, 우리 집은 삼 남매이다. 나이 차이는 각각 3살이다. 누나는 매우 일찍 결혼해서 내가 재수할 때 벌써 수원에서 신혼 생활을 했다. 여동생은 태어날 때 뇌성마비 장애를 지녀, 경기도 평택에서 장애 학교를 다녔다. 그래서 집에선 나 혼자 있을 때가 많았다. 난 방학 때가 아니면 거의 외동으로 자란 느낌이었다.

내가 청소년을 보낸 시절은 한국 서민이 모두 잘사는 시기도 아니었다. 그런데 아버지의 산업재해와 그로 인해 경제적으로 불안정한 상황은 나를 매우 불안하게 성장하게 했다. 앞서 이야기한 대로 나는 가발을 쓰고 학교에 다녀, 청소년 때 여학생들 앞에서 매우 부끄러움을 탔다. 이것이 나의 성격 형성에 영향을 주었을 것이다.

그리고 부모님은 모두 이혼하고 재혼을 한 어머니와 함께 자랐다. 그 시절 할머니와 외할머니 때는 전쟁 상황이라 힘든 가정이 많았을 것이다. 그 속에서 아버지는 어린 시절부터 상처를 많이 입으며 성장할 수밖에 없었다. 그리고 어머니는 외할머니가 따뜻하게 자녀를 보살펴주지 못하는 환경에서 자라게 되어, 역시 마음의 상처를 지닌 채로 어른이 되고, 우리 삼 남매의 어머니가 되셨다.

심리학 공부를 하며 알게 된 사실은 아버지의 무관심과 어머니의 불안정 애착 속에서 우리 삼 남매는 자라게 되었다. 누나는 일찍 출가해서 겉으로는 마음의 상처가 드러나지 않는 듯하다. 그러나 여동생과 나는 같이 부모님과 오래 살고, 성인이 되어서도 같은 집에 살게 돼 마음의 상처가 심하게 드러나, 심리상담을 각각 받고 있다.

난 12년 동안 심리상담을 받고 있고, 여동생도 이제 5년 정도 상담을 받고 있다. 요즘 알게 된 사실은 여동생과 난 마음의 상처가 매우 깊다는 것이다. 난 지식화 방어기제로 대화를 맞받아치는 경향이 짙고, 여동생 또한 자기 마음을 몰라 준다며 자주 삐친다.

아무튼, 나는 진로를 선택함에 있어 부모님과 주
변 어른들에게 단 한 번도 관심을 받아본 적이 없
다. 그냥 학교에서 가르쳐주는 대로 열심히 공부
하려고 했고, 집이 어렵고 부모님이 모두 힘드시
니, 내가 알아서 모두 선택해야 한다고 생각하며
살았다. 이것은 방임인데 그때는 아무것도 모르며
그냥 생각 없이 지냈다.

2. 전공

비록 야간이기는 했지만 난 법학과를 선택했다. 그 이유는 우리 집이 가난하고 경제적으로 불안정한 상황에 놓여 있어서, 내가 빨리 법학 자격증인 법무사 시험에 합격해 집안의 안정을 이루고 싶었다. 그리고 나도 되도록 빨리 경제적 안정을 원했다.

사실 이유는 많은데 가장 큰 원인은 내가 머리를 다쳐 가발을 쓰고 생활하고 있다는 것이었다. 난 그때 상당히 열등감을 많이 느꼈고, 실제로 주눅 들어 지냈다. 혼자서는 법학 공부를 해서 이른 시간에 법무사 시험에 합격하면 좋을 것이라고 생각했다.

다른 사람들은 어떻게 각자 자신의 전공을 선택한 지는 모른다. 그런데 난 왜 그 사람이 그 전공을 선택했는지에 따라 그 사람이 보인다고 생각한다. 많은 사람은 성적에 맞춰 고르기도 하고, 남들이 가니까 묻어서 가기도 할 테고, 스스로 호기심을 갖고 선택하는 사람도 있을 것이다.

나의 경우에는 안정이 가장 큰 선택 이유인 것 같다. 난 몰랐는데 지금 되돌아봐도 청소년 때부터 상당히 정신적으로 불안을 많이 느꼈을 것이다. 그래서 돈도 많이 벌 수 있고, 안정된 삶을 이룰 수 있고, 다른 것을 귀찮게 생각하지 않아도 되는 법무사 시험에 집착하게 되었다.

당시 대학 신입생답지 않게 난 입학하고 난 후부터 매일 아침 일찍 도서관에 나가서 전공 책을 읽었다. 그때는 처음이라 법학의 모든 것이 재밌었다. 모르는 한자를 찾아가며 법서를 읽어가는 재미도 있었고, 새로운 영역을 알아가는 만족감도 있었다.

그렇게 첫 학기를 보내고, 여름 방학이 시작되자

태백 집으로 가서 동해바다를 가기로 맘을 먹었다. 동네 가게에서 자전거를 빌려서 첫 여행을 떠난 것이다. 1학년 때 생각나는 여행은 이게 끝이다. 그리고 난 금방 학교로 돌아와서 법무사 준비를 본격적으로 하기 시작했다.

신림동 고시촌은 그때만 해도 활성화되어 있었다. 거기 가서 법무사 책을 1차 과목 위주로 샀다. 그리고 나름대로는 열심히 공부하려고 한 것 같은데, 아마 잘되지는 않았던 듯 싶다. 왜냐하면, 그때 대학 도서관은 책상이 매우 좁게 돼 있어, 옆 사람이 난 계속 신경이 쓰여 공부에 집중을 잘할 수 없었다.

또한, 한 친구와 친해졌는데 그 친구는 꽤 학구적이고 진지한 사람이었다. 그런데 권위 의식과 자기 위주로 인생을 생각하는 듯해서, 나도 그런 면이 있는지 서로 부딪힐 때가 많았다. 그때 공부를 하려면 그 친구에 대해 안 좋은 생각이 많이 떠올라 공부를 할 수 없었다. 신경증이 악화된 모

습인데 그때는 그저 <달라이 라마의 행복론> 같은
책을 보며 나의 고통을 다스리려고 했다.

 여름 방학이 끝나고 학과 사무실에서 근로 장학
생 일을 하게 되었다. 거기서 학교 사법 시험반에
있는 선배를 알게 돼 나도 모르게 꿈을 법무사에
서 변호사로 키우게 됐다. 즉 학교 고시반에 들어
갈 생각을 하게 됐고, 실제로 입실해 공부하며 사
법 시험에 관한 꿈에 부풀어 있었다.

 그때 처음으로 동기들 외에 학과 선배들을 많이
알게 돼, 따뜻한 대학 시절의 추억을 갖게 되었다.
역시 거기에서도 공부에 집중은 잘되지 않았다.
예를 들면, 시계 초침 소리가 들리면 불안해졌고,
아침에 늦게 일어나서 고시반에 나오는 경우가 많
아졌다. 다행히 선배 중에 좋은 형들이 많아 그런
나를 귀엽게 봐준 것 같다.

 그해 겨울 할아버지가 돌아가셨다는 소식을 갑

자기 듣고 안동으로 내려갔다가 올라왔다. 당시 선배들은 사법 시험을 얼마 앞두지 않고 있었다. 그런데 난 1학년 때 충실했던 내 모습은 사라지고, 서울의 영화관을 돌아다닌다던가, PC방에서 밤을 새우는 일이 잦았다. ·

결국, 선배들의 사법 시험장에 가서 동기들과 함께 돕거나 거들지도 못하고 불참하는 일이 벌어지기까지 했다. 그래도 선배들은 그때 나의 방황을 이해해 주었다. 그러다 3월 봄 학기 개강을 앞두고 2학년 과목을 미리 예습도 해 두었다. 이때는 그나마 내가 성실히 공부한 시기였다.

난 성향이 큰 그림을 그려 놓지 않으면 움직이지 않는 사람이었다. 그래서 당시에 고시반에서도 법서를 공부하기보다는 그에 앞서, <고시계>라는 월간 고시잡지를 자주 읽으며 공부 계획을 세우기도 하고, 합격기를 읽으며 미래에 대한 희망을 꿈꾸기도 했다.

그리고 민법은 양창수 서울대 교수님이 쓴 책이 유명하다 해서 인상 깊게 읽은 기억이 있다. 이렇게 난 법학 공부 그 자체에 빠지기보다는, 스스로 동기유발 하는 공부법을 세우고, 미래에 어떤 법관이나 공익 변호사가 되고 싶다는 터무니없는 꿈을 꿨다.

이때까지는 내 목표가 워낙 확고했기 때문에 내가 전공에 대한 회의에 한 번도 빠진 적이 없었다. 난 법학 공부가 당시에는 매우 재밌었다. 깊게 하지 않았기에 재미를 느꼈겠지만, 채권법이나 형법총론 등은 매우 인상 깊었던 기억이 있다.

3. 공부

지금이야 한 분야에서 10년에 한 번 나올까 말까 하는 학생이 되게끔, 전공 공부를 세분화해서 깊이 있게 연구하는 것이 훌륭한 공부법이라는 것을 알지만, 그때 22살 법대 2학년 학생이었던 풋내기인 내가 아는 것은 그저 열심히 공부하는 것이었다.

내가 대학에 입학했을 때 조금씩 선배들이 공무원 시험에 올인하고, 취업 걱정을 하기 시작하는 시절이었다. 당시만 해도 스펙과 공무원 합격에 목을 매는 분위기는 아니었다. 난 불안정한 상황이라 공부에 집중하고자 했지만, 동기들은 공부는 나중에 해도 되고, 지금은 놀자는 마음이 컸다.

앞서 말한 대로 난 새벽 5시면 일어나서 밥을 챙겨 먹고, 도서관에 일찍 나가서 자리를 잡고 공부를 했다. 하지만 법서는 읽지 않고, 당시 유행하던 존 그리샴 변호사의 법정 스릴러 소설에 빠진 기억이 더 많다. 그만큼 난 공부하는 것에 재능이 없는 사람이었던 것 같다. 그냥 그때는 열심히 공부하는 자신을 대견스럽게 생각하는 시절 같았다.

2학년 1학기 때 예습을 열심히 해서 전공 강의는 너무 재밌었다. 그런데 피치 못한 일이 벌어지면서 학교 고시반을 나오게 됐다. 그러면서 처음으로 나 자신에게 질문을 던졌다. "나는 왜 사는 것일까?" 당시 고민이 너무 심했던지 그때 고시반을 나오면서 내 꿈은 길거리의 노숙자가 되는 것이었다.

방황은 심했다. 겨울 방학 때처럼 영화관과 PC방을 전전하며 테트리스 게임에 빠지고, 채팅에 중독이 되어 버린 것이다. 2학년 1학기 때 뭐 했느냐고 물으면, 난 테트리스와 스카이러브 밖에 생각나지 않는다. 그만큼 난 갈등했고, 억압이 한 번에 풀린 것 같았다.

채팅하며 번개, 즉 즉석 모임처럼 여학생과 좋은 형들과의 만남도 가졌다. 당시에 채팅이 유행이었기 때문에 딱히 이상할 것은 없었다. 난 학교 동기들과는 잘 어울리지 못했는데, 채팅에서 만난 친구들과는 술집에서 게임도 하며 재미나게 논 기억이 있다.

물론 학교 친구 중에서도 괜찮은 녀석들이 있어, 친하게 지내긴 했다. 그런데 내가 학교 수업도 자주 빠지고, 맨날 놀러만 다니고 잠수만 타서 점점 그 친구들과도 멀어지게 됐다. 남학생들이니 군대를 갔을 텐데, 난 한 명도 입대를 맞이해 준 친구가 없을 정도였다.

그리고 이때 해방감을 느낀 것이 뭐였냐면, 학교를 다닐 때는 가발을 쓰고 나갔는데, 채팅하며 여학생들과 만날 때는 모자를 쓰고 나갔다는 사실이다. 이것은 나의 열등감을 숨길 수 있는 모습이었고, 스스로 속인 모양새가 되어 채팅으로 만나 인연이 생긴 여학생들과의 만남도 짧게 끝났다. 내

가 먼저 꼬리를 자르고 도망가는 상황이 몇 번이
고 되풀이되었다.

역시 이 시절 공부를 한 게 거의 없다. 태어나
서 처음으로 이렇게 놀아본 적이 없었다. 열등감
이 많았던 것만큼 게임에서 보상 심리를 맛봐서
테트리스에 매우 중독되었다. 채팅도 야간 대학생
이라는 나의 신분을 속이고, 숭실 법대 착한 남자
라는 이미지를 만들어 가면을 쓴 채 자유를 맛본
것 같다.

2002년 월드컵 때도 난 친구가 없어 매우 외롭
게 보냈다. 채팅을 하며 만나는 여학생들은 그저
잠깐의 만남으로 끝나고 마는 경우가 많았다. 3학
년도 난 철없이 도서관을 배회하며, 전공 공부는
등한시하며 그렇게 살았다. 그러다 조금씩 책에
재미를 들리면서 나의 학창 시절은 변화를 맞게
되긴 한다.

4. 방황

대학 때는 누구나 그렇겠지만, 그리고 20대 청춘은 하고 싶은 게 많을 것이다. 나 또한 그랬다. 처음 입학했을 때는 한 길을 가고자 하는 확고한 목표가 내겐 있었다. 그런데 고시반을 나오며 방황에 빠진 나는, 전공에 전혀 흥미를 보이지 못했다.

이때 방황하며 얼핏 경영이나 투자학 혹은 광고 카피라이터나 방송PD 등 자유로운 직업에 관해 많이 생각해 봤다. 결과적으로는 전문투자가가 되는 꿈을 나중에 품게 되지만 그것도 실행력이 약하고, 본업과 목적 사이에서 혼동하다 포기하게 되었다.

이것은 좀 더 지나서 알게 된 사실인데, 법학은 과거의 사례를 공부하는 것이라는 걸 알게 됐다. 그런데 책에 많이 빠지고 나서야 나를 제대로 알게 된 사항인데, 난 과거보다 미래의 전망을 여는 것에 더욱 관심이 많다는 걸 깨닫게 됐다. 즉 나는 창의성에 관심을 보였다.

24살이 되면서 난 책을 좋아하게 된다. 3학년 겨울 방학 때부터였던 것 같다. 책을 읽는 게 내 생존에 도움이 된다는 느낌을 받았다. 그래서 워런 버핏이나 피터 린치 같은 투자가의 삶에서 매우 매력적인 모습을 발견한 나는, 나 또한 미래 가치를 판단해서 돈을 많이 벌어, 복지재단을 나중에 설립하고 싶어졌다.

그런데 이 꿈은 무너졌다. 이외수 소설가의 <외뿔>이란 책을 읽고, 내가 너무 물질적인 가치에 빠져 있지 않은지 번민하게 되었다. 그리고 목적과 수단이 뒤바뀐 사실을 깨달았다. 난 그 자체가 아니라, 그것을 바탕으로 결과물을 획득해 다른 일을 하고 싶었다. 그리고 난 꾸준함도 떨어져 투자가에 대한 꿈은 몇 개월 후에 접게 되었다.

이때부터 졸업할 때까지는 매우 괴로웠다. 뭐 하나 제대로 되는 것도 없었고, 학교 강의는 곤혹스러웠다. 학교 시험을 보는 것도 울며 겨자 먹기식으로 겨우 따라갔다. 이때 학교 앞 고시원에서 2년 정도 살았는데, 고시원이 없어지면서 난 불안이 있어 낯선 환경에 적응하기 어려워하는데 몇 개월 고생을 했다.

졸업할 때인 2005년 여름에 여동생이 장애인이어서, 학교 근처 봉천동에 공공임대아파트에 지원할 수 있다는 것을 알게 되어, 운이 좋아 당첨이 돼 그곳에서 살게 되었다. 이때 나의 꿈은 다시 법학 공부를 열심히 해서, 사법 시험에 합격해 공익 변호사가 되는 것이었다.

여동생에게도 신신당부해 뒀다. 난 2, 3년 후에 합격해서 일산 사법연수원에 들어갈 테니 그때까지 여기서 살자고 말했다. 그리고 집에서 혼자 공부하려고 했는데, 역시 집중이 되지 않았다. 그래서 신림동 독서실에 다니며 공부하려고 했는데,

역시 공부가 되지 않았다.

이때 다행인 것은 손에서 책을 놓지 않고 있었다는 사실이다. 이 시절 구본형 선생님의 책을 알게 되고, 그분의 홈페이지에 자주 방문했다. 그곳은 따뜻함과 지적인 공간이어서 내 욕구를 만족시켜주었다. 그때는 그저 배울 게 많아서 자주 놀러를 갔다.

"청년의 고민이야 예부터 유명한 이야기지. 청춘은 고뇌하는 것이니까. 방황이 젊음의 본질이므로." 이런 구절도 구본형 선생님의 홈페이지에서 듣게 되었다. 난 정말 그때 방황의 정점을 찍었고, 세상의 모든 고민을 짊어진 사람처럼 고뇌에 빠졌었다.

여동생과 둘이 살던 공공임대아파트, 즉 집에서는 책이 잘 읽히지 않았다. 그래서 난 자주 지하철에서 책을 읽는 버릇이 생겼다. 거기에는 사람들의 시선이 있어, 나도 모르게 책에만 집중할 수 있었다. 그때 인천 종점까지 가는 지하철을 그렇게도 많이 탔었다. 2번 왕복하면 자동으로 5시간 책을 읽게 되었다.

법 공부는 제대로 되지도 않고, 구본형 선생님의 홈페이지에 열광하던 나는 2007년 11월에 마음을 굳히게 되었다. 그러니까 졸업하고 2년을 난 공부한다는 핑계를 대며, 책을 간간이 읽으며 백수 아닌 백수 생활을 했다. 그때 이제 그만 손을 놓고, 취업하는 게 좋겠다는 판단을 내렸다.

그리고 변화경영연구소 홈페이지에 자주 내 글을 남기기 시작했고, 11월 말에는 나에 관한 이야기도 올려 두었다. 너무 솔직한 글이라 그 공간을 방문하는 분들에게 미안한 마음도 들었지만, 구본형 선생님은 그런 나를 받아주셨다.

그리고 2007년 12월 3일에 난 구본형 선생님이

운영하던 꿈 프로그램인 "나를 찾아 떠나는 여행"
에 참여를 했다. 거기를 다녀오니 아뿔싸, 집에 태
백에서 살던 어머니가 같이 살자고 아버지와 함께
내일 올라오신다는 것이었다. 난 이때 상당한 충
격에 휩싸인다. 그렇게 나의 방황은 더 이어진다.

청춘을 다시 산다면 1

: 열등감을 지닌 풋내기의 어리석은 선택들

나의 첫 번째 청춘 이야기에서 아쉬운 점을 매우 많이 발견할 수 있다. 한 가정에서 부모님의 역할은 거의 신과 맞먹을 정도로 절대적이고 중요하다. 그런데 안타깝게도 나의 부모님은 정서와 정신적인 건강이 그렇게 좋지 못했다.

이것은 우리 집만의 이야기는 아닐 것이다. 더구나 현대에 접어들면서 사회가 피폐해지고, 상처를 지닌 사람들이 많아졌다. 그런 사람들이 가정의 구성원으로서 한 명의 아버지와 어머니가 되고, 집안을 이끄는 역할을 맡는다.

부모 중에서 특히 주된 양육자는 어린 자녀와 깊은 상호작용을 해야 한다. 그렇게 정서적 교감을 하면서 길러야지, 아이는 한 사람의 존재로서 안정감을 지닌 채 인생을 시작할 수 있다. 자존감

높은 부모가 자녀에게 훌륭한 반사 대상이 되어 준다.

아쉽게도 한국에는 그런 부모가 소수다. 요즘 TV를 봐도 아동 양육에 관한 프로그램이 많다. 어린아이들에 관한 행동 교정과 심리상담이 그 내용을 이룬다. 아이는 부모의 그림자이다. 부모가 먼저 건강해지면, 자녀는 부모를 모델 삼아 튼튼하게 성장할 것이다.

다행히 요즘 들어, 정신건강의학과를 찾거나 심리상담가에게 상담을 받으러 가는 사람이 많아졌다. 그리고 그게 사회적으로 용인되는 분위기인 것 같다. 내가 먼저 마음을 치유하면, 주변의 사람과 상황도 변한다. 세상은 우리가 세상을 대접하는 대로, 우리를 대접하기 때문이다.

또한, 나의 경우에는 고등학교 2학년 때 신경증의 모습을 보였다. 자녀의 행동을 세심하게 살피는 부모라면 그때 일찍 조치를 취했을 것이다. 즉 정신과에 데리고 가서 문제의 원인이 무엇인가를 알아보고, 약을 먹게 하거나 상담을 받게 할 것이다.

내가 좋아하는 정신의학자 스캇 펙 박사는 정신 치료는 일찍 받을수록 향후 경과가 좋다고 했다. 대개의 부모는 아이들이 성장하며 문제 된 모습이 저절로 사라질 것이라고 말한다. 이것은 문제 상황에 정직하게 대면하지 못하고 회피하는 결정이어서 자녀에게 안 좋은 영향을 준다.

대학에 입학해서도 한 친구에게 적대감을 많이 느껴 마음의 고통을 많이 앓았다. 이때는 내가 스무 살도 넘었고, 현명했다면 대학의 상담 센터를 찾아가 마음 상태에 관해 조언을 구했으면 좋았을 것이다. 난 이때 너무 열등감이 심해서, 세상을 피해 구석에서 살았다. 이 점도 아쉬운 모습이다.

그리고 옆에 조언해 줄 분도 없었지만, 지금 되돌아보면 대학과 전공의 선택도 현명하지 못했던 듯싶다. 집이 경제적으로 여유가 없고, 아버지의 산업재해 휴업 급여가 안정적으로 계속 나온다는 보장이 없었으면, 난 좀 더 일찍 취업할 수 있는 방향으로 진로를 선택했으면 좋았을 것이다.

예를 들면, 법학이나 철학 혹은 심리학처럼 사회에서 자리를 잡기까지 시간이 오래 걸리는 전공을 선택하지 않았을 것이다. 그렇다면 재수할 때 정신을 차려, 한때 희망하기도 했던 물리치료사로의 방향을 선택했으면, 지금 난 더욱 안정적이고 사회적으로도 의미 있는 일을 하고 있을 것이다.

재수할 때도 너무 심리적으로 위축되어 있었다. 나와 같은 가정환경과 신체적 및 마음의 열등감을 보면 충분히 이해할 수 있는 행동이기도 했다. 그러나 다시 생각해 봐도, 당시의 생활은 너무 엉망이었다. 그렇다고 그런 나를 다독여주는 사람도 없었다. 사람은 너무 주눅 들어 지내면 안 된다.

대학 신입생일 때는 전공 공부도 너무 재밌었고 모두 좋았다. 문제는 힘든 상황에 처했을 때 나의 대처 모습이다. 학교 고시반을 나오면서 기껏 하고 싶다는 것이 '자유로운 노숙자가 되는 것이다.'라고 난 다짐했다. 이처럼 어리석은 사람도 없을 것이다. 물론 젊어서 한때는 철부지일 수 있다.

그런데 나의 상황이 더 안 좋은 것이 뭐냐면, 끝까지 전공 공부와 다른 진로 사이에서 방황을 한 점이다. 우리는 어느 시기에는 불안하더라도 확실하게 선택해야 한다. 그리고 그 결과를 스스로 책임질 수 있어야 한다. 이렇게 행동하는 사람을 우리는 어른이라고 한다. 안타깝게도 한국에 이런 20대는 잘 없다.

내가 직업적 선택을 잘못한 것을 후회할 때가 있다. 그것은 바로 일단 내가 가장 잘 알고, 잘하는 쪽으로 취업을 해서 사회에 나오자는 것이다. 당시의 나는 전공을 살리기는 싫고, 그렇다고 취업을 할 수 있는 방향도 없었다. 혼자 머릿속으로 공상에 빠져 '난 뭐가 하고 싶다'라는 허무한 생각만 반복했다.

그때 만약, 전공을 살려 법률 회사나 법무사 사무소에 사무원으로 취직을 해서, 사회생활을 일찍 시작했다면 나의 현재 생활 모습은 무척 달라져 있을 것이다. 난 그때 제대로 된 선택을 하지 못해, 내 청춘의 황금기였던 20대 중후반과 30대 중반까지 그저 불안과 공허 속에서 인생을 살아야 했다.

그리고 사회생활을 하며, 즉 생계를 스스로 책임지며, 하고 싶은 게 있으면 그때는 좀 더 여유 있게 희망하는 진로의 방향으로 준비를 할 수 있겠다. 난 당시 임상심리 공부를 하고 싶었는데, 회사 생활을 하며 야간 대학원을 다녔어도 되는 상황이었다. 그런데 난 당시 게으르기만 해서, 현명한 선택과 생활을 하지 못했다.

또한, 대학 시절에 우리는 모두 방황할 수 있다. 이때 방황하는 모습은 청춘답고 아름답기까지 하다. 나의 용기 없는 성격 때문에, 대학 때 인간관계를 좀 더 폭넓게 형성할 수 있었는데, 가발을 쓰고, 야간 대학생이라는 열등감은 사람들로부터 도망가게 했다. 20대 초반 풋내기의 당연한 행동으로도 보인다.

이때 만약 나를 조언해 주는 분이 있었다면, 난 나의 상처와 열등감을 있는 그대로 조금씩 드러내며, 채팅하며 알게 된 여학생들과 좀 더 친근한 관계를 유지했을 것이다. 당시에는 나 말고도 마음에 상처를 지닌 친구들도 많았는데, 난 그들은 감싸주지는 못하고, 나의 상처만 생각하며 도망치기 바빴다.

마지막으로, 대학을 졸업하고 2년이란 시간이 흐른 뒤, 난 우연히 구본형 선생님의 '꿈 프로그램'에 다녀왔다. 그런데 이때 어머니가 함께 살자며 아버지와 서울의 집으로 올라오셨는데, 당시의 판단도 좋지 않았던 것 같다. 이때 난 고집이 상당히 셌다. 당연한 것이 혼자 독불장군처럼 살고 있었기 때문이다.

만약 이때 그냥 내가 고시원으로 나가 생활했다면, 그때의 일은 아무런 문제도 일으키지 않고 잘 지나갔을 것이다. 당시 불안이 심했던 나는 어느 정도 생활의 변화를 받아들였으면 좋았을 것이다. 그런데 난 급작스러운 환경 변화를 원하지 않았고, 너무 복잡한 상황에 순간 처했다고 생각했다.

그런데 난 당시 그 상황을 겪어 보겠다며 어리석은 선택을 했다. 결과는 2년 후에 주변의 정신건강의학과를 방문해야 했다. 머리가 너무 아파 견딜 수 없었기 때문이다. 그리고 나의 일상생활은 상당히 무너져 있었다. 한 마디로 정신을 잃은 것이고, 나 같은 성격을 지닌 사람이 겪는 어두운 밤바다 항해를 했던 것이다.

자서전 Ⅱ. 사랑

"사랑은, 사랑하지 않을
도리가 없어서 하는 거다."

- 김어준

1. 로망

이성에 관한 사랑의 감정을 처음으로 느낀 건 중학교 3학년 때다. 보통 학창 시절에 또래 여자아이들을 보며 우리는 사랑에 빠질 것이다. 그런데 여자아이들에 관한 나의 심한 부끄러움은 나를 그쪽으로 인도하지 않고, 부담임이었던 여선생님을 좋아하게 했다.

그 선생님은 단아한 분이어서 당시 학생들이 대부분 잘 따르며 좋아했던 것 같다. 결혼한 분이었는데도 남자 중학교에서 그 선생님의 인기는 최고였다. 수업 시간에도 잘 가르쳐주셨고, 학생들에게 애정도 깊어, 우리와 함께 많은 시간을 보내주신 분이다.

그 이후에 해당하는 고등학교 3년의 기간 동안 난 전혀 여자아이들과 말을 나눠본 적이 없다. 유일하게 여자아이들과 부딪혔던 것은 독서실에 다닐 때 휴게실에서 저녁을 먹을 때였다. 이때에도 나는 부끄러움에 그저 무감각이었던 것 같았다.

대학에 입학하고 같은 전공의 여학생들을 볼 수 있었다. 이때에도 나의 열등감 때문에 학과 여자 아이들과는 가깝게 지내지 못했던 기억이 있다. 드디어 대학 2학년 때 봄 개강에 맞춰 채권 총론 강의실에 들어갔는데, 예쁜 여자아이가 앉아 있는 게 아닌가.

알고 보니 다른 학과 여학생이었는데, 변호사가 되고 싶어, 청강하러 들어오게 된 것이었다. 너무 순수한 여학생의 모습에 난 그저 넋을 잃었다. 교 정에서 우연히 한 번 보게 됐는데, 나의 눈에 콩 깍지가 씌어 있었는지 사람에게서 후광이 비치는 걸 처음 느꼈다.

난 이 여학생과 가까워지고 싶었는데, 우연히 화 이트데이 때 함께 하교하게 됐다. 사탕을 받았냐고 물어봤더니 못 받았다 해서, 그럼 내가 사 준다 했다. 그런데 가게에 들어가 보니 마땅한 선물이 없어서, 배스킨라빈스에 가서 아이스크림을 먹자고 제안했다.

그 친구도 좋다 하여, 함께 아이스크림을 먹었다. 그런데 문제는 그때 터졌다. 난 여자아이와 태어나서 처음으로 단둘이 이야기하게 된 것이다. 그때 내 입에서 "저 그쪽 좋아하는데요"라는 말이 튀어나왔다. 당시는 너무 순수했던 나였기에 그랬을 것이다.

"너무 급하신 것 아니에요?"라며 그 여자아이는 내게 말해 줬다. 헤어질 때 나는 갖고 있던 펜을 선물로 줬다. 이것도 너무 생각 없는 행동이었던 것 같지만, 첫 대면에서 그래도 함께 아이스크림도 먹고, 난 너무 기쁜 마음으로 학교 고시반에 가서 선배들에게 자랑했다.

안타깝게도 부담이 됐던지 이 친구와는 그 이후 길게 친해지지 못했다. 잠깐 학과 과제를 도와주며 함께 하려고 했는데, 이 여자아이의 인기가 많기도 해, 자연히 멀어지게 됐다. 내게는 참 아름답게 기억되는 진정한 나의 첫사랑이었다.

그 후 학교 고시반을 나오며 나의 방황은 시작됐다. 테트리스 게임과 스카이러브라는 채팅 사이트에서 많은 시간을 보냈다. 특히, 채팅하며 당시 다른 학교 여학생들과 더욱 친해지게 된다. 채팅하는 족족 내가 처음으로 알게 된 커뮤니티에 가입을 시켰다.

그때는 그게 너무 재밌었는데, 참 철없는 행동이었던 것 같다. 당시 많은 대학의 여자아이들과 채팅을 했다. 몇 번 만나게 된 여자 친구들도 있고, 더 가깝게 지내려던 여자아이들도 있었다. 그렇게 난 학교생활을 멀리하게 되고, 오로지 채팅으로 하루의 많은 시간을 보냈다.

2. 상처

채팅으로 많은 여자아이를 알게 됐는데, 결국에
는 내가 도망가게 된다. 난 이때 숭실 법대 착하
고 순수한 남자, 라며 내 소개를 했다. 실제의 난
야간 법학과 학생이었고, 모자로 숨겼지 가발을
쓰고 학교에 다니고 있었다.

당시에는 다음 카페라는 곳이 유행이어서, 어느
카페에 가입했다. 거기서 또래의 귀엽고 착한 여
자아이를 알게 됐다. 그 친구가 인천에 살아, 한두
살 어렸던 다른 여자아이와 함께 인천의 유명한
곳을 놀러 다니기도 했다.

내가 처음으로 여자와 술을 마시기도 했고, 술김
에 뽀뽀도 해 보고, 결국 사귀기로 했다. 그런데
난 이때에도 강박과 불안이 심했는지, 난 사법시
험 공부에 집중해야 할 것 같다는 마음이 있었다.
그리고 야간 대학과 가발을 쓰는 모습이 끝내 창

피할 것 같아, 금방 헤어지자고 했다.

　그 시절 채팅으로 여자아이들을 정말 많이 만났는데, 모두 같은 패턴으로 더욱 가까워지지 못하고 인연이 끊어지게 됐다. 나의 열등감의 발로였고, 낮은 자존감을 지닌 남자의 행동이었다. 그렇게 난 어정쩡한 모습으로 당시를 살아냈던 것 같다.

　2002년 여름 월드컵 기간에도, 난 학교에서 혼자 주로 공부한다는 핑계로 생활해 거의 혼자서 시간을 보냈다. 그러다 몇 명의 여자아이들과 또 친해지기를 반복했다. 결국, 모두 인연을 이어가지 못했지만, 월드컵 기간에 축구는 제대로 즐기지 못하고, 헛발질만 계속했다.

　2004년 대학교 3학년 시절 우연히 채팅으로 알게 된 누나가 있다. 그 누나와는 이메일 친구를 했는데, 그 누나가 편지 쓰는 걸 좋아해 친해지게 됐다. 문학소녀 스타일로 소설을 많이 좋아했다. 이 누나와도 몇 년 동안 인연이 이어지다 자연히 끊어지게 된다.

나의 열등감은 이때 최고조였고, 더 가깝게 지낼 방법을 몰랐다. 당시에 나는 법률가냐 아니면 다른 쪽으로 진로를 정해야 하느냐의 고민으로 방황하고 있을 때이기도 했다. 결국, 고시원에서 지내며 법학 자격증을 따려고 했는데 이것도 잘되지 않았다.

이때 이후로 잠깐씩 채팅하며 알게 된 여자들을 번개 형식으로 만나 봤지만, 나이가 들어가며 순수함이 대학 저학년 때보다는 사라졌는지 별로 가까워지지 못했다. 모두 서먹했고, 아니면 나를 마음에 들어 하지 않는 모습이었다.

대학 때 연애다운 연애를, 한 번도 경험하지 못하고 보내게 됐다. 난 열등감이 심해 학교 안에서는 여자아이를 사귈 생각은 거의 해 보지 못했다. 그래서인지 외부로 나를 감추며 돌아다닌 시간이 많았던 것 같다.

이때 또 우스운 에피소드가 있는데, 학교 밖을 다닐 때는 모자를 쓰고 돌아다녔는데, 우연히 같은 학과 여자아이를 만나게 됐다. 그때 내가 모자 쓰고 다니는 모습을 그 아이가 인상 깊게 봤는지, 난 그 이후 학교에도 가발 대신 모자를 쓰고 가게 됐다.

법학과여서 보수적인 교수님이 당시에는 많았다. 난 별로 생각 없이 모자를 쓰고 강의실에 들어갔는데, 어느 교수님은 왜 모자를 강의 시간에 쓰고 있느냐며 질책했다. 결국, 타협으로 모자챙이 뒤로 가게 하게끔 쓰며 강의를 듣는 게 허용되기도 했다.

3. 연애

나는 내 또래치고 연애를 많이 해 본 축에 들지 못한다. 그저 대학 때 여자아이들과 몇 번의 가벼운 만남을 가져 봤을 뿐이고, 머리 화상으로 인한 열등감으로 부끄러움이 많아 여자에게 잘 다가가지도 못했다. 이런 나는 대학 때도 짝사랑을 많이 한 듯하다.

내가 첫 연애라고 할 수 있는 것을 해 본 때는 대학을 졸업하고 2년 정도 지나서다. 그때 존경했던 선생님의 커뮤니티에서 온라인으로 댓글을 달며, 글 속에 나를 숨기며 활동하고 있었다. 그러다 때가 됐는지 선생님을 한 번 만나보고 싶어졌다.

'꿈 프로그램'으로 불리는 2박 3일 합숙 모임에 다녀왔는데, 그때 일이 벌어졌다. 뭐 지나고 나서 보니 별 문제는 아니었는데, 그 당시에 나는 고집이 매우 셌다. 그래서 어머니와 크게 다투며 서울의 작은 임대 아파트에서 생활하게 된다.

그때 그 커뮤니티에서 한 여자아이를 알게 된다. 우리는 동갑이라 금방 친해졌다. 나는 몸과 마음에 상처가 있다는 것을 커뮤니티 게시판에 글로 올린 상태였다. 그런데 그 친구를 만나다 보니 그 친구의 마음에도 큰 상처가 있다는 것을 알게 됐다.

친구처럼 몇 번 만나며 편하게 지내고 있는데, 그 아이가 어느 날 우리 한 번 사겨보지 않을래? 라고 말했다. 난 당일에는 거절했지만, 미안하기도 했고, 한 번 연애를 해 보는 것도 나쁘지 않을 것 같아, 다음 날 사겨보자고 했다. 그렇게 나의 첫 연애는 시작되었다.

그런데 당시 내 마음 상태가 불안정하고, 분노하고 있는 상태라 마음의 여유가 없었다. 그래서 그 친구의 까칠함을 내가 잘 받아줄 수 없었다. 이것이 작은 불씨가 되어 난 그 친구를 많이 미워하게 된다. 그러면서 곧잘 다투다 그 친구와 멀어지게 되었다.

이 친구를 만난 후 오랜 시간이 지나서 되돌아 보니, 이 여자아이 덕분에 난 사람과 세상에 관해 더욱 이해할 수 있게 되었다. 그 전까지는 상처 있는 사람을 잘 만나지 못했는데, 책으로만 이해 하던 사람을 나를 포함해 실제로 알게 된 경험이 었다.

나의 두 번째 연애는 2011년 32살의 나이로 늦 게 첫 취업을 한 곳에서 벌어졌다. 그곳은 전화로 주간지를 영업하는 곳이었는데, 난 첫 직장이라 어리바리하게 일했다. 그런데 책을 많이 읽은 경 험 때문인지, 난 영업할 대상을 잘 골라 판매를 잘 했다.

그러다 회사가 확장하며 젊은 직원들을 많이 뽑

앉는데, 그 여자아이가 문을 열고 면접을 보러 들어왔다. 난 그때 이 친구의 모습에 끌림이 있었다. 며칠 후 이 여자아이도 합격해 회사에 나왔다. 난 은근히 끌리는 이 친구에게 매력을 느꼈다.

이 아이는 성격이 자유분방하고, 개성이 강했다. 좋게 말하면 독특했고, 나쁘게 보면 제멋대로인 편이었다. 우린 동갑이라 금방 친해지고, 그토록 소심했던 내가 영화를 같이 보러 가자고 이 친구에게 말했다. 단, 친했던 나의 선배도 함께 가자고 말했다.

영화를 보고 우린 노래방에서 신나게 놀았다. 선배는 그 친구를 택시로 바래다주라고, 돈을 조금 줬다. 그렇게 그 친구 집 앞에 가서 걷는데, 우리는 손을 금방 잡게 됐다. 둘 다 솔직한 성격이어서 그런 것 같았다. 그리고 그 날 바로 사귀기로 했던 것 같다.

이 친구는 회사에서도 워낙 유별나서 오래 그곳에서 근무하지는 못했다. 문제 행동도 많이 하고 말이다. 그래서 친한 선배는 그 친구와 사귀는 것을 고려해 보라고 해, 난 정말 그 아이가 좋았는데 헤어지자고 했다. 그렇게 우린 첫 이별을 맞이했다.

근데 시간이 흘러 우연히 내가 1년 정도 지난 뒤 다시 연락해서 만나게 됐다. 그 아이는 여전히 솔직해, 만나자 마자 우리는 손을 잡으며 연애 모드로 들어갔다. 그렇게 달달한 연애를 하며 우리는 또 헤어지고, 만났다 하며, 그렇게 몇 년을 잘 만났다.

이 두 번째 연애에서는 이 친구 덕분에 나에 관해서 더욱 이해할 수 있게 됐다. 난 속도 좁고, 연애에 있어 보수적이며, 강박적인 모습도 많이 띠고 있다는 걸 깨닫게 됐다. 그리고 배려하고 이해하는 성격인데, 자기 확신이 부족한 남자이기도 했다.

4. 이론

난 사랑을 이론으로 배웠다. 실제로 연애를 많이 못 해 봤기 때문에, 상상 속으로 사랑을 익혔다. 이것이 꼭 나쁜 것만은 아니다. 왜냐하면, 현대 심리학은 사랑에 관해서도 훌륭한 이론을 쌓았기 때문이다. 애착 이론이 그 중 대표적인 예다.

그런데 연애는 이론만으로 작동되지 않는다. 아는 것과 행동이 같이 가는 게 사랑인 것 같다. 누군가 연애의 제 1 법칙이 들이대는 것이라고 했다. 이것은 아무리 이론으로 배운다 해도, 실제의 상황에서 용기를 발휘하지 못하면 행동되지 않는 것이다.

프로이트는 일하고 사랑할 수 있을 때, 우리가 건강하게 살아갈 수 있다 했다. 정신분석이란 학문 자체도 사랑을 잘 못 하는 사람들에게 도움을 준다. 우리는 어려서 가족과 주고받은 정서 양식과 행동 방식을 커서도 연인이 된 사람과 되풀이한다.

내가 아주 좋아하는 이와쓰키 겐지라는 작가는 행복공포증이라는 것으로 사랑의 아픔을 풀어서 이야기했다. 이것이 무엇이냐 하면, 사람들은 자신이 어려서 받은 사랑의 크기만큼 사랑에 빠질 수 있다는 것이다. 그러니까 사랑을 많이 받고 자란 사람들은 행운아다.

특히, 여자는 어머니의 행복의 크기 이상을 추구하지 않는다 한다. 그리고 아버지와 비슷한 사랑을 주는 남자에게 여자들은 끌린다 했다. 즉 건강한 부부 밑에서 자존감이 높은 자녀가 자랄 수 있는 법이고, 특히 여자들의 경우에는 동일시 때문에 그 영향이 더 크다.

여자는 귀여운 것과 사랑스러운 것을 자신과 동일시하기를 좋아한다. 왜냐하면, 그럴 때 여자들은 사랑을 느끼고, 행복감을 채우기 때문이다. 여자아이들이 어려서부터 예쁜 색이나 귀여운 인형을 좋아하는 것이 괜히 그런 게 아니라, 사랑을 채우기 위해서다.

좋은 아버지는 딸에게 부성애도 충분히 준다. 자존감이 높은 여자들은 어려서 아버지를 보며 자랐기 때문에, 본능적으로 좋은 남자들의 행동 양식과 모습을 구분할 수 있다. 그녀들은 자기의 일에 몰입하는 남자와 능동적인 취미 활동을 하는 남자에게 매력을 느낀다.

문제는 현대 사회가 심리적으로 피폐하게 사람들을 만든다는 것이다. 그래서 좋은 아버지와 어머니가 실제로 현실에 많이 존재하지 못한다. 이런 면에서 좋은 자녀, 즉 아들과 딸이 희박할 수밖에 없다. 우리는 아이들을 건강하게 길러내지 못하고 있는 것이다.

연애와 사랑도 자존감이 높은 남녀가 잘할 수밖에 없다. 그런데 현대인들은 자존감이 낮은 채 성장할 확률이 높으므로, 남녀 양쪽 모두 건강한 연애와 사랑을 하지 못한다. 물론 누구나 10대 후반부터 20대 중후반까지는 시행착오를 거치지만, 자존감이 높은 사람은 사랑을 잘한다.

　그렇다면, 건강한 사랑이란 무엇일까? 그것은 받는 사랑이 아니라고 했다. 에리히 프롬이 말하길 우리는 받는 사랑은 어렸을 적에 해 봤으면 충분하고, 어른의 성숙한 사랑의 모습은 주는 사랑, 즉 상대를 먼저 챙기고 배려하고 이해해주는 것이다.

　난 개인적으로 연애는 무방비 상태로, 즉 서로를 있는 그대로 바라보며 열망에 빠지는 사랑이라고 생각한다. 이것의 장점은 남녀 모두 자신이 누군지 결국 깨닫게 되는 사랑이다. 특히, 딴지총수 김어준 씨의 사랑법이 인상적이다.

그는 자기가 갖고 있는 것만으로 사랑하라고 했다. 즉 꾸미지 말고, 밑바닥을 드러내는 연애를 해야 자기를 진정 이해할 수 있게 된다고 했다. 보통 사람들은 무슨 척을 하며 연애하는데, 연애 고수가 되면 서로를 있는 그대로 받아들이게 된다.

지금까지 내가 실제로 연애하고, 이론으로 체화된 사랑법을 이야기해 보았다. 사랑은 말로 하는 게 아닌 것 같더라. 로미오가 외친 "철학이 줄리엣을 만들 수 없다면 그런 철학은 꺼져버려라." 연애는 실제로 우연히 벌어지는 사건이며, 우리는 용기 있게 뛰어들어 경험해야 한다.

청춘을 다시 산다면 2

: 우리, 사랑하고 결혼하면 좋지 않겠는가?

폴란드의 여류 시인 비스와바 쉼보르스카라는 노벨상 수상 작가가 있다. 그녀의 '열쇠'라는 시를 보면 위트와 통찰력이 넘친다. 우리는 보통 열쇠를 잃어버리면, 자물쇠를 버린다. 마찬가지로 우리는 사랑을 잃고, 그 사랑을 잊는다. 그러면 이 세상에 사랑이 하나 줄어들게 되니 안타까운 일이 된다.

뭐가 문제인지 모르겠지만, 나 또한 호흡이 긴 사랑을 청춘 때 거의 해 보지 못했다. 나의 경우에는 야간 대학을 다닌다는 창피함이 있었고, 머리 화상으로 인한 열등감 또한 깊었다. 이 두 가지는 지금 생각하면 굳이 부끄러워하지 않아도 될 사실인데, 그때의 나는 그렇게 생각하지 못했다.

당시에 도망가지 않고, 채팅을 통해서든 어떻게

든 만난 여학생이나 형들과 친하게 지냈다면, 현재 나의 대인관계 지능이 더욱 좋을 것이다. 그러면 사회생활도 좀 더 능숙하게 할 수 있었을 것 같다. 그리고 학교에서도 동기들과 친하게 지냈다면, 나에게 연애 기회도 더 많았을 것이다.

한 번은 같은 학과 형이 다른 학과의 여학생과 같이 만남의 자리를 갖게 했다. 그 여학생은 방송반 활동 같은 것을 했던 것 같은데, 나는 수줍음과 부끄러움에 한 마디도 제대로 못했던 기억이 있다. 그리고 신입생 환영회에서도 창피함이 많아 얼굴만 비치고 나온 경험도 생각난다.

이처럼 대학 때의 난 너무 열등감이 높고, 대인공포증에 비견될 만한 상처를 지니고 있었다. 만약 그때 이걸 극복하고 학교 동아리 활동 같은 것을 했으면, 나의 친화력 또한 지금 좋을 것이다. 다행히 학교 사법 고시반에 몇 개월 들어가 공부한 적이 있어, 학과 선배들과 어울린 기억은 있다.

이 모든 이야기는 같은 걸 말하고 있다. 즉 나의 대인 관계가 빈약했기 때문에, 연애는 모집단이 넓어야 잘할 수 있다고 했는데, 결국 난 사랑에 빠질 기회가 없었다. 그래서 더욱 채팅에 재미를 붙였고, 학교를 벗어나 외부로 관심사를 돌렸다. 이것은 더 안 좋은 결과를 내게 주었다.

깊은 사랑을 한 번을 하면, 사랑의 상처가 치유된다는 말이 있다. 그리고 한 사람의 이성과 목숨을 걸 정도의 사랑도 한 번 경험해 보면 좋다 했다. 나는 아직 그런 사랑을 못해 본 듯하다. 한 친구와 여러 번 만났다, 헤어졌다 하며 오랜 기간 연애를 한 것이 내 사랑 경험의 전부다.

현실에서 연애가 제대로 되지 않으니, 난 연애를 책으로 배웠다. 그래서 연애 이론만 빵빵한 남자가 된 것이다. 채팅에서 가끔 '사랑학 개론'이라고 말하며, 어디서 주워들은 지식 나부랭이를 나열한 적도 있다. 그만큼 난 소심했고, 채팅에서도 부끄러움을 많이 타서 지식화 방어기제를 보였다.

요즘 들어, 여자들은 연애할 남자가 없다고 하소연을 많이 한다. 지금 시대의 남자들이 쩨쩨하고, 자기만 알며, 연애를 제대로 할 줄 모른다고 말한다. 이 말은 맞는 사실이다. 그렇다 하더라도 그녀들이 연애 경험이 적은 것을 합리화할 수는 없다. 연애는 오직 경험하는 것이기 때문이다.

나처럼 연애를 못해 본 사람들이 곧잘, 연애 이론만 빵빵한 부류의 남녀가 된다. 그 사람들은 핑계가 참 많다. 그런데 결국 그들은 사랑, 즉 살아 있음의 황홀을 경험하지 못한 것이다. 연애는 머리로 하는 게 아니다. 오로지 몸과 필로 하는 것이라 했다. 지금이라도 이런 사람들은 몸을 던져 경험하면 좋다.

올해 읽게 된 좋은 책이 <팀 켈러, 결혼을 말하다>라는 어느 목사님의 사랑법에 관한 것이 있다. 이 목사는 뉴욕에서 개척 교회를 이끌었는데, 거기에는 개인주의 성향을 지닌 많은 젊은 남녀가 있었다고 했다. 그들은 결혼에 별로 흥미를 느끼지 않았다는 것이다. 그래서 팀 켈러는 그들을 대상으로 목회 세미나를 연다.

그것이 반향을 일으켜 위 책이 만들어졌다. 이 책을 읽기 전만 해도 난 결혼에 회의적이었다. 굳이 혼자 사는 게 편안한데 결혼을 할 필요가 있을까 생각했다. 그런데 난 이 책을 단숨에 읽고는, 내 가치관이 변화하는 걸 체험했다. 현대 들어, 개인주의가 널리 퍼져 있어, 공동체의 기능이 약화되고 있다.

또한, 2년 전에 읽은 임어당의 <생활의 발견>이란 책에서도 결혼의 좋은 면을 많이 깨닫게 됐다. 거기서 서양 여자들의 목표는 사회에서 좀 더 높은 역할과 지위를 맡는 것이라고 한다. 그래서 그녀들은 화려하게 자신을 포장하려고 든다. 반대로 또래 중국 여자들의 목표는 결혼해서 가정을 이루는 것이라 했다.

여기서 서양과 동양의 가치관 차이가 드러난다. 서양은 끊임없이 발달하고, 높이 올라가려는 특성이 있다. 반대로 동양은 이만하면 만족하고, 중간자리를 선호하는 경향이 있다. 그래서 서양은 자아와 자기를 중요시하는 개인주의 성향을 띠고, 동양은 나보다는 관계를 우선시하는 공동체주의 모습을 보인다.

어느 것이 더 좋다고 우열을 가릴 수는 없지만, 젊어서는 나도 서양인처럼 나를 앞세우는 개인주의에 더 가까웠다. 그런데 나이가 마흔 살을 넘어가며 동양인의 관계적이고, 중간을 중시하는 모습을 나타낸다. 사랑에 있어서 서양은 둘이 불타는 모습을 보이고, 동양은 서양보다는 가족과 같은 모습을 띤다.

작년에 읽은 <두 번째 산>이란 책도 떠오른다. 거기서는 우리들의 첫 번째 과업은 사회에서 계층을 밟아 올라가 성공하는 것이라고 했다. 여기까지는 좋은데 문제점은 이 과정에서 성공하고도 행복을 느끼지 못하는 사람들이 있더라는 것이다. 저자는 이 문제를 파헤쳤는데 역시 개인주의 성향을 보이는 현대인의 모습을 발견했다.

사회는 혼자서 제 잘난 맛으로 살아가는 곳이 아닌 것 같다. 물론 청춘 때는 한 번 마음껏 행동해 보는 것도 나쁘지 않다. 또한, 그때는 그 모습이 아름답기도 하다. 사랑에 빠져, 오로지 사랑이라고 외치며, 사랑 외에는 모두 필요 없다고 부르짖을 때도 있다. 나 또한 사랑은 아니었지만, 그런 적이 있다.

사랑은 사람과의 관계를 의미한다. 우리는 혼자서도 충분히 행복하게 살 수 있지만, 사랑에 빠지면 함께 하는 삶을 기획하게 된다. 그러면 우리는 개인적이 아니라 공동체적인 삶의 모습을 지향하게 된다. 나보다는 너를 먼저 생각하고, 네가 곧 나인 것을 경험한다. 그렇게 우리는 정서적으로 성숙해진다.

결혼 또한 혼자 잘난 척하며 사는 사람에게는 좋은 관계가 못 된다. 결혼은 한 쪽이 희생하고 양보하는 관계가 아니라, 양쪽 모두 결혼 관계라는 것에 충실할 것을 다짐하고, 이 관계를 위해 최선을 다하는 최상의 결합이다. 결혼하고도 이 관계를 최우선으로 생각하지 않는 사람은 아직 결혼한 것이 아니라고 했다.

현재의 난 안타깝게도 결혼을 선호하고 외치고 있지만, 아직 미혼인 상태다. 나의 경우에는 고집이 꽤 세서, 30대 10년을 더욱 방황하고 혼돈스러운 시간으로 보냈다. 이런 내게 현재의 모습은 당연한 결과일 것이다. 그렇다 하더라도 나는 매우 긍정적인 사람이라, 나이가 몇 살이든 좋은 관계를 맺고 싶다.

다시 말하지만, 결혼은 관계의 최상위 모습이다. 그렇다고 모두 결혼하라는 것은 아니다. 우리는 결혼 관계 안에서 충분히 성숙해질 수 있고, 인생을 잘 살아갈 수 있는 비법도 깨달아 간다. 누군가는 결혼 제도는 21세기와 더불어 절대적인 관습의 형태를 띠지 않게 될 것이라고 했다. 현대가 개인주의 모습을 보이기 때문일 것이다.

그렇다 하더라도 연애는 우리 모두에게 활력을 불어넣어 주는 경험이다. 우리 모두 사랑하자. 물론 혼자서 행복하게 잘 살아가는 사람도 있다. 나 또한 그런 범주의 사람이기도 하다. 홀로 생활하는 것에 아무런 불만이 없다. 그러나 인생은 사람과의 관계로 짜여 있는 듯하다. 그중에 사랑은 남녀가 가질 수 있는 황홀한 기쁨일 것이다.

자서전 Ⅲ. 비전

"취미 속에서 평생 직업의

힌트와 싹을 키워라."

- 구본형

1. 취미

고등학교 때까지 나의 취미는 운동이었다. 초등학교 6학년 때 축구부 경험을 했기 때문에 운동은 어려서부터 나와 가장 친근한 활동이었다. 중학교에서도 점심시간이면 축구를 즐겨 했고, 방과 후 시간에는 농구도 자주 했다.

이때에는 운동을 즐겼기에 친구들과 함께 잘 어울렸다. 특히, 축구부를 했기에 친구들은 나를 운동을 잘하는 녀석으로 생각했던 것 같다. 실제로 축구와 농구도 잘해, 봄과 가을 체육대회를 할 때면 반 대표로 나가 축구나 농구를 했다.

가발을 쓰고 학교에 다녔지만, 운동하는 데 별다른 불편을 주지 않았다. 그때는 어리기도 했고, 머리에 땀이 많이 난다는 것 외에는 문제가 없었다. 이런 활동은 고등학교 1학년 때까지 이어졌다. 고등학교에 입학해서도 난 운동 잘하는 녀석으로 인식됐다.

그런데 고등학교 1학년 때 친했던 친구와 멀어
지면서 나의 활동 반경이 제약되기 시작했다. 그
렇지 않아도 사춘기의 정점이었는데, 가발을 쓰고
학교에 다니니 이때부터 위축됐던 것 같다. 특히
버스에서 마주치는 여자아이들에게는 더욱 부끄러
웠다.

1학년 가을 소풍 때부터 주로 혼자서 지내게 됐
던 것 같다. 그리고 2학년 수학여행 때도 친구가
없어 거의 혼자서 돌아다녔다. 그런데 그때 친했
던 친구가 다행히 한 명 있어, 가끔 나와 함께 수
학여행지를 돌아다녀 주었다.

고등학교 2학년 때부터 나의 취미는 공부였던
것 같다. 철저히 혼자라고 말할 수 없지만, 이때부
터 동기들로부터 거리감을 느끼기 시작했다. 그래
서 혼자 할 게 없어진 나는 교과서를 보거나 공부

하는 데 거의 학교 생활의 전부를 쏟았던 것 같다.

이때 신경쇠약으로 공부에 집중이 잘 안 됐지만, 그래도 열심히 하려고는 했다. 특히, 독서실을 다니기 시작했는데, 이때 시계 초침 소리를 들으면 전혀 공부가 안되었다. 신경증이 처음 나타난 시기였던 것 같다.

모든 것에는 장단점이 있는지 이것은 내게 유익함을 주기도 했다. 당시 3학년 때는 양쪽 벽 쪽은 혼자 앉게 돼 있었는데, 그래서 점심도 혼자 먹으며 난 영어 단어를 외웠다. 이것 덕분인지 생각보다 영어 점수가 잘 나왔던 기억이 있다.

대학에 와서는 당연히 나의 취미 활동은 독서가 됐다. 이것은 자연스러운 일이었다. 이때 책을 전혀 좋아하지 않았지만, 1학년 때 전공 서적인 법서를 공부하다가 지겨워지면, 도서관 자료실에 올라가 존 그리샴의 법정 스릴러를 빌려 읽곤 했다.

　이것이 내 인생에서 처음으로 독서를 하기 시작한 모습이다. 이것은 차츰 이어져 대학에서 방황하면서 진로와 관련된 책을 많이 꺼내 본 것 같다. 그리고 한 친구에 대한 분노를 느껴 마음 안정에 도움이 됐던, <달라이 라마의 행복론> 책을 자주 읽었다.

　그리고 대학 3학년 방학 기간에 투자 공부를 한다면서 많은 책을 읽게 되었다. 그러면서 독서는 자연히 나의 취미로 변해 있었다. 대학 때는 가발을 쓰고 있다고 생각해서 운동을 전혀 하지 않았다. 인생은 참 아이러니 같다.

2. 독서

책은 어쩔 수 없이 20대 중반부터 내게 가장 친근한 대상이 되었다. 철저히 혼자였기에 내가 기댈 대상은 책밖에 없었던 듯하다. 우스갯소리로 책은 나의 최고 고통 치료제라고도 말한다. 그만큼 그 시절 힘들었는데, 책은 훌륭한 치료제가 되어 주었다.

내가 독서를 대단한 뜻을 갖고 시작한 것은 아니다. 우연히 대학교 3학년이 올라가던 시절 난 경영과 투자학에 관심이 많이 갔다. 그래서 관련된 책을 찾아 읽다 보니 자연히 책에 조금씩 빠지게 되었다. 책은 자신의 호기심을 채우는 목적으로 가까이하다 보면 좋아하게 되기도 한다.

독서는 우리가 할 수 있는 최고의 활동 중 하나이다. 더구나 나처럼 혼자 지내길 좋아하는 사람에게는 더없이 좋다. 책을 읽는다는 것은 동서고

금 최고의 인물에게, 우리가 원하는 시간에 개인적으로 가르침을 받을 수 있는 경험이다.

책을 한 번이라도 써 본 사람들은 잘 알겠지만, 글을 쓸 때 우리는 자신에 속한 최상의 것을 끄집어내려고 한다. "내 마음은 책을 열면 곧 거기에 있다. 책을 읽으면 그 사람이 보일 것이요. 정신은 또 천만 배나 잘 알게 될 것이다. 그러면 나 이탁오를 종일 면대하는 것과 마찬가지다."

<분서>라는 책을 쓴 이탁오란 사람이 한 말이다. 그만큼 책에는 저자의 최선의 것이 들어 있다. 그래서 예로부터 독서 하는 사람에 대한 칭찬이 자자했던 것이다. 다산 정약용은 아들에게 쓴 편지에서 "이제 가문이 망했으니 네가 참으로 독서를 할 때를 만났구나."라고 말할 정도다.

여기까지는 혼자서 도달할 수 있었던 나의 책보는 수준이었다. 내가 독서에 관한 안목이 한층

높아진 데는 역시 사람의 도움이 필요할 수밖에 없었다. 변화경영사상가 구본형 선생님은 한국에서 독서가로 생전에 유명하셨는데, 난 이분을 알게 된 후 훨씬 나은 책들을 읽게 된다.

24살을 마치던 겨울 방학 시절에 난 변화에 따른 고통을 크게 앓고 있었다. 그때 구본형 선생님의 새 책 <나, 구본형의 변화 이야기>를 읽게 되고, 큰 기쁨과 함께 훌륭한 기운을 얻었다. 그 책에는 선생님이 40대 10년을 변화경영에 매진하며 얻은 통찰이 가득했다.

이 책은 몇 년이 흘러 <마흔세 살에 다시 시작하다>라는 제목으로 개정판이 나왔다. 20대 중반의 풋내기였던 내가 '공부와 일 그리고 길 위에서'라는 챕터에 집중했다면, 나이가 들어가며 마흔 살 이야기나 가족 그리고 책을 전체적으로 이해하게 되었다.

구본형 선생님은 2005년부터 연구원을 뽑아 개인 대학을 운영하셨다. 거기에는 한 해 동안 읽을 약 40권의 책이 있었는데, 변화경영연구원들은 1주일에 한 권씩 읽어야 했다. 선생님은 그 목록을 매해 업데이트해 가며 홈페이지에 올려 주셨다. 난 여전히 그 책의 향기를 따르고 있다.

이제 어느덧 시간이 많이 흘러, 대학생이던 그 시절의 내가 선생님이 첫 책을 펴냈을 나이가 되었다. 난 그 누구보다 선생님이 추천한 책이라던가 책을 읽고 정리하는 방식 및 글을 풀어가는 방법에 관한 영향을 많이 받게 된다.

그만큼 구본형 선생님은 책에 정통하셨고, 언행일치의 찬된 모습을 사람들에게 보여 주시기도 하셨고, 스스로 모범을 보여 주셨고, 따르는 사람들에게 훌륭한 영감의 대상이셨다. 내가 책으로 만났던, 그리고 실제로 몇 번 뵈었던 최고의 인물이었다.

3. 멘토

나의 비전을 세우거나, 이루는 데 도움을 준 많은 인물이 있다. 대개 책을 통해 만난 저자들이다. 앞서 이야기한 구본형 선생님이 대표적이고, 나를 항상 다시 시작하게 도와주는 법정 스님이 있다. 그리고 실제로 나를 상담해 주시는 정신과 선생님 또한 내가 따르는 분이다.

그 외에 딴지총수 김어준 씨의 명랑함을 난 사랑했다. 20대 후반에 우연히 한겨레 신문에 실리던 이분의 '그까이꺼 아나토미'라는 제목의 상담 코너가 있었는데, 당시 젊었던 내게는 신세계로 다가왔다. 그 후 지금까지 15년이란 시간 동안 그의 존재는 커다란 울림을 내게 주었다.

난 1년 전에 <무릎 치며 읽은 책>이란 제목의 책을 출간했다. 이 책은 내가 대학 때부터 20년 동안 크게 영향을 받은 책 40권에 대한 독후감이

자 후기였다. 거기에 보면 내가 좋아했던 인물에 관한 사항이 모두 나와 있을 것이다. 난 그렇게 책의 영향을 많이 받은 사람이다.

멘토라는 말이 많이 쓰이지만, 우리 인생에서 길잡이 역할을 해 주는 게 그분들이 빛나는 이유겠다. 구본형 선생님은 대학 은사를 매우 존경하셨다. 그래서 선생님이 말하길, 갈림길이 나타날 때마다 "그분이라면 어떻게 했을까?"라는 물음을 항상 던지셨다고 했다.

그런데 난 위 말씀을 따르지 못했다. 충동적이고 좌충우돌하길 좋아하던 내게 선생님의 가르침은 귀에 들어오지도 않았다. 난 당시 젊었기에 개인주의적이고 자유롭던 작가들의 영향을 받아, 인생은 후회를 남기지 않고 지르는 것이라고 자주 생각했다.

그래서 결국 만나게 된 분이 동네의 정신건강의

학과 전문의시다. 상담가 선생님과의 만남은 내게
최고의 행운이었다. 난 대체로 운이 따라주지 않
던 사람인데, 심리상담가 선생님은 내게 과분했다.
인생의 결정직 지점에서 난 고집을 부렸고, 머리
가 너무 아파 병원을 찾은 것이다.

되돌아보면, 책을 좋아했던 지난 20년의 세월이
있었기에 난 최고의 인물들과 만날 수 있었다. 책
은 그만큼 우리에게 유익을 주는 매체다. 요즘 사
람들은 책을 읽지 않는다는데, 그래서는 자신의
인생을 변혁시켜 줄 인물과 만나기는 쉽지 않을
것이다.

사람은 사람에게서 가장 크게 영향을 받는다는
걸, 난 구본형 선생님을 만나고 알게 되었다. 그전
에는 좋은 책을 많이 읽으면 내가 멋있게 변화하
고 성장하는 줄 믿었다. 물론 이 과정을 통해서도
우리는 성숙한다. 그런데 인생은 역시 사람과의
만남으로 형성돼 있는 것 같다.

몇 권의 책을 읽었다고 금방 우리에게 좋은 영향이 나타나는 것은 아니다. 좋은 책은 꼬리에 꼬리를 물어 관련된 책을 찾아 읽게 만드는데, 그 과정을 통해 우리는 어떠한 사상이나 사유의 흔적을 쌓게 된다. 그러면 자기만의 세계관과 통찰력이 생기는 것이다.

좋은 책은 훌륭한 인물들이 쓴 작품이다. 그분들의 가장 큰 특징은 인생 자체가 빛났다는 것이다. 즉 책의 내용이 중요한 게 아니라, 그분들이 살았던 삶의 하루가 매력적이다. 결국, 좋은 삶이 좋은 글을 쓰게 만들고, 그분들이 좋은 책을 세상에 남긴다는 걸 이제는 이해한다.

그리고 요즘은 유튜브 영상의 시대이기도 하다. 책만큼이나 훌륭한 강의로 우리를 매혹시키는 분들도 많다. 난 대표적으로 소통전문가 김창옥 강사님을 좋아한다. 이분은 책보다 언변이 훨씬 강하다. 소통전문가답게 강연에서 이분의 유머나 공감 능력은 최상으로 발휘된다.

내가 좋아하는 유튜브 강연의 인물들은 책으로
도 유명했다. 결국, 훌륭한 인생을 살거나 좋은 생
각이 쌓이면 책으로 출판되는 것 같다. 나 또한,
책으로 다수의 멘토를 만나게 됐고 말이다. 책은
그만큼 인간의 삶에 큰 영향을 주는 대표적인 매
개물이다. ·

4. 현실

5년 전부터 나의 꿈은 작가가 되는 것이었다. 그때는 심리상담가가 되어 사람들에게 치유와 성장을 주는 이야기를 전해 주고 싶었다. 그런데 상담가의 길은 나와 잘 안 맞다, 는 것을 알게 되었다. 그래서 남은 비전은 작가뿐이었다.

그런데 지난 시간을 통해 책을 읽고, 글을 쓰며 깨닫게 된 것이 나는 아직 작가가 되는데 충분하지 못하다는 사실이었다. 난 유명세도 없고, 그렇다고 글을 재밌게 쓰는 편도 아니었다. 게다가 그동안은 내 고집대로, 즉 쓰고 싶은 대로만 썼다.

그렇지 않아도 실력이 부족하고, 공감 능력이 낮은데 고집까지 세니까 내 책은 출판사에 선택은 고사하고, 반 자비로 출간해도 거의 팔리지 않았다. 이것은 지난 5년 동안 나를 은근히 좌절하게 했다. 내가 앞으로 유일하게 하고 싶은 일이 글

쓰는 것이었는데 말이다.

그래도 나는 신화학자 조셉 캠벨이 말한 것을 알고 있다. "모르겠네. 남들이 아무 반응도 보이지 않는 절망 속에서 10년이고 20년이고 기다릴 수 있겠는가? 아니면 대뜸 베스트셀러 작가가 되고자 하는가? 세상이 뭐라고 하건 자네가 정말 좋아하는 것만 붙잡고 살면 행복하겠다 싶거든 그 길로 나가게."

이 명언이 밑바닥에서 항상 나를 일으켜 세우게 했다. 나 또한, 10년이고 20년이고 쓸 것이기 때문이다. 난 준비가 돼 있다. 이 세상에서 다른 일로 유명해지고 싶지도 않고, 내가 잘할 수 있는 일도 이제 별로 없다. 그렇다면 이 길을 가는 수밖에 없는 것이다. 그 길 밖에 갈 길이 없는 사람이 결국 성공한다고 했다.

당분간, 그러니까 내가 책을 써서 돈을 벌 수

있을 때까지는 다른 일로 생계를 유지하면 된다. 난 금전에 욕심이 많은 사람도 아니고, 검소하게 살아가는 편이기도 하다. 내가 하고 싶은 일을 하기 위해 인생의 다른 측면은 어느 정도 포기 또한 했다. 이것은 나의 기질과 성격적인 측면도 영향을 많이 주었지만 말이다.

홀로 지내길 좋아하는 나는 좋은 책을 읽고, 글을 쓰며 사는 것이 즐겁다. 아침에 일어나서 하고 싶은 일을 하며 살 수 있다는 것, 나 또한 이런 인생을 좇는다. 사람은 잘하는 일을 하고 살아야 그 삶이 빛난다. 내가 글쓰기에 강한 재능이 있는지는 모르겠다. 하지만 난 이 작업을 다른 어떤 일보다도 즐긴다.

요즘 시대에 굶어 죽는 사람은 없지 싶다. 그러니 나는 내 가슴을 뛰게 만드는 일을 하며 살다가 죽을 것이다. 길 위에서 죽은 여행자보다 진정한 여행가는 없다. 나 또한 훌륭한 작가가 된다면 글을 쓰다가 죽어도 여한이 없겠다.

많은 사람이 하고 싶은 일을 하며 사는 것을 사치로 여기는 듯하다. 그런데 난 그것은 이 우주로부터 다른 북소리를 듣지 못했기에 용기를 내지 못하는 것이라고 본다. 인생은 단 한 번뿐이다. 지금이 아니면 대체 언제란 말인가. 임제 선사도 '바로 지금이지 다시 시절이 있는 것이 아니다.'라고 일갈했다.

삶은 지금 이 순간에 존재할 뿐이다. 존경했던 구본형 선생님도 젊은이들에게 항상 한 말씀이 "두려워하지 마라"였다. 쩨쩨하게 밥그릇 하나 챙기는 인생을 그분은 싫어하셨다. 들개처럼 떼로 몰려다니지 말고, 호랑이처럼 홀로 우뚝 서라고 하셨다. 우리는 조금의 용기만 내면 남들과 다른 삶을 살아가는 것이 가능하다.

이 세상에 평범한 사람은 없다. 누구나 비범하게 태어났는데, 자기 속에서 위대성을 끌어내지 못하고 있을 뿐이다. 내가 좋아하는 바디샵의 창시자

아니타 로딕의 어머니도 그녀에게 이 말을 남겼
다. "어머니는 개성이 없으면 개성이 없는 상품을
만들 수밖에 없다는 것을 일깨워주셨다. 어머니는
늘 '특별해라. 평범은 거부해라.'라고 말씀하셨다."

청춘을 다시 산다면 3

: 아뿔싸, 글쓰기는 나의 최고 취미가 되었다

우리는 여가를 어떻게 보낼까? 한국은 잘 쉬는 문화의 나라가 아니다. 서유럽 국가들은 한두 달 휴가가 주어지는 건 기본이다. 그런데 한국은 고작해야 1주일 쉬면 많이 휴가가 주어지는 것이다. 이래서 우리는 잘 쉬지 못한다. 항상 바쁜 이유는 어쩌면 이것 때문인지도 모른다.

어려서 나의 취미는 오직 운동이었다. 초등학교 6학년 때 축구부 경험을 했는데, 혼자서는 열심히 훈련하고, 경기 중에도 최선을 다했지만 나의 축구 실력은 늘지 못했다. 이때 축구를 정말 잘하고 싶은 마음이 내게 있었는지 확신할 수 없기도 하다. 그저 난 학교 대표니까 한 것 같다.

그 후 한동안 TV를 보며 지내는 게 나의 유일한 쉬는 활동이었다. 그러다 우연히 음악 듣는 걸 좋아하게 됐다. 뭐 이것은 그 나이 때 청소년들이 모두 좋아하는 취미이겠다. 그리고 가끔 농구공을 들고 나가서, 운동을 하는 것이 당시 나의 소일거리였다.

안타깝게도 고등학교 1학년 가을 소풍부터 나는 친구들과 외떨어져 지내게 된다. 이 시절의 경험 때문에 난 신경증을 앓게 되기도 했을 것이다. 이때 친구들과 잘 어울려 지냈으면 나의 예민했던 마음도 조절이 되어, 공부에 집중도 잘 됐을 것이고, 더욱 활발하게 학교생활도 했을 것이다.

혼자 재수한다며 1년이란 시간을 허비한 뒤, 나는 서울의 숭실대 야간 법학과에 입학했다. 당시에 취미는 오로지 학교 도서관에 가서 전공 서적인 법서를 읽는 것이었다. 난 이때 야간 학과 학생이라는 것에 엄청난 열등감을 느껴, 다른 주간 학생들과 잘 어울리지 못하고, 운동하는 것도 피했다.

이때, 좀 더 내 마음이 강했다면 난 많은 학생을 알게 되고 친해졌을 것이다. 우연히 1학년 2학기 때 학과 사무실에서 장학금을 조금 받는 대신 조교 형들 밑에서 도와주는 일을 했다. 그때 주간 학생들을 알게 됐는데, 별로 가까워지지 못하고 금방 멀어지게 됐다.

그렇게 오랜 시간을 보내고, 학교 사법 고시반에서도 나온 나는 방황을 했다. 그러다 우연히 좋아하게 된 것이 책이다. 나의 대학 생활은 책을 빼놓고는 이야기할 수 없다. 그만큼 대학교 3학년 겨울 방학 때부터 나의 책에 대한 사랑은 대단했다. 거의 한 5년은 손에서 책을 놓지 않으려고 했다.

이때도 좀 더 체계적으로 독서를 했으면, 나의 교양이라던가 세계를 이해하는 데 한층 도움이 되었을 것이다. 당시의 난 그렇게 책을 읽지 못하고, 호기심이 생기는 분야만 급하게 편식하며 읽었다. 역시, 다른 학생들과 어울리지 못하고, 혼자서 고립되다 보니 나타난 현상으로 이해된다.

그래도 이때 다행인 것은 책을 많이 읽다 보니,

괜찮은 작가들을 조금씩 알게 되었다는 것이다. 대표적인 인물이 변화경영전문가였던 구본형 작가다. 처음에는 멋모르고 그분의 책 2권 정도를 읽고 지나갔다. 당시에 나는 대중심리와 자기계발서에 빠져 있었다. 데일 카네기의 책도 좋아하고, 청춘들에게 꿈을 심어주는 책에도 관심이 많았다.

그러다 24살을 마치던 겨울에 난 우연히 구본형 선생님의 <나, 구본형의 변화 이야기>라는 책에 빠진다. 난 이 책이 너무 좋았다. 그래서 구본형 선생님의 홈페이지에 매일 놀러 갔다. 문제는 난 이때 무척 소심해서 글로 나를 드러낼 수밖에 없었다. 좀 더 용기가 있었으면 연구원에 지원하던가, 선생님을 직접 만났으면 좋았을 것이다.

그곳은 무척 지적이면서 따뜻한 공간이었다. 구본형 선생님 자체가 그런 분이셨다. 난 그 공간을 무척 사랑했는데, 역시 열등감이 많던 나는 스스로 드러내는 걸 두려워했다. 그래도 난 선생님의 홈피에서 무척 다양한 지식과 사랑을 쌓고 받게 된다. 그래서 2007년 겨울에 '꿈 프로그램'에도 지원하여 선생님을 만나게 되었다.

당시 나는 한국 최고의 변화경영전문가이지 멘토를 만나게 됐는데, 나의 고집 센 성격 때문에 선생님과 인연을 오래 맺지 못하게 됐다. 이것은 모두 나의 마음 상처가 깊어 발생한 일이라고 이제는 이해한다. 상처가 있으면 우리는 사람과의 관계를 유연하게 맺지 못한다. 사람은 사람에게서 가장 크게 영향을 받는데 말이다.

그때의 난 방황하며 자유로운 작가들의 영향을 많이 받게 된다. 따뜻한 공동체에서 벗어났기에, 나의 마음은 자유를 지향했다. 그래서 매우 개인주의적이고, 오로지 지적 활동에만 관심을 두게 된다. 이 시간이 대략 10년이 됐다. 난 그러면서 나의 정체성을 잃게 되고, 내가 어떤 것에 진정으로 관심 있고, 또 어떻게 인생을 헤쳐 나가야 할지 모르는 상태가 된다.

이때 다행인 것은, 머리가 너무 아파서 정신건강의학과에 방문하게 되었지만, 좋은 정신과 선생님을 만나게 된 것이다. 선생님은 신뢰할 수 있는 분이었고, 상담 시간 때마다 나에게 여유로운 마음을 심어주었다. 좋은 정신과 의사는 마음이 선선하고, 적적하다고 했는데 선생님이 그런 분이셨다.

난 선생님과 12년이란 시간의 심리상담을 이어오고 있다. 좋은 것은 장기간의 심리상담을 받고 싶을 정도로 난 선생님에게 믿음을 갖고 있다. 그런데 안타까운 일은 선생님이 최선을 다해 상담해 주셔도 나의 마음이 나아질 기미가 보이지 않는다는 것이다. 그만큼 내 마음에는 상처가 깊이 있는 것이다.

내가 좋아하는 정신의학자 스캇 펙 또한, 다른 정신과 의사들과 마찬가지로 정신 치료와 심리상담은 이른 시기에 시작하면 좋다고 했다. 왜냐하면, 호미로 막을 것을 가래로 막아야 하는 우를 범할 수 있기 때문이다. 상처가 심하지 않을 때는 치료가 쉽지만, 반대로 상처가 깊으면 누구나 알지만, 그때는 치료되기가 어렵다.

책 덕분에 난 위대한 인물들과 만나게 되었다. 내 인생에 책이 없었으면 홀로 고립된 채 생활하면서 난 삶이 무너졌을 것이다. 디행히 책과의 만남은 나를 좀 더 이해할 수 있게 되었고, 세상이 돌아가는 원리 또한 잘 알게 되었다. 그리고 처음 취업해서 일할 때도 상당한 도움을 받게 된다.

책을 좋아해서 그런지 시간이 흐르니, 글 쓰는 것에 자연히 관심이 갔다. 책을 읽으면 생각하게 되고, 그걸 정리하다 보면 글쓰기가 되었다. 이런 나는 또한, 자연스럽게 작가에 관심을 두게 되었다. 처음에는 그저 남들의 고민을 상담해 주는 글을 쓰길 좋아했는데, 그러다 보니 생각을 정리하면서 글을 쓰기 시작했다.

안타깝게도 난 고집이 상당히 세었던지, 세상과 교감하고 소통하는 글을 쓰지 못했다. 그저 내 느낌을 내지르듯 쏟아내는 글쓰기가 좋았다. 그래서 당연히 나의 책은 출판사의 선택을 받지 못하게 된다. 이제 5년밖에 안 됐으니, 난 크게 실망하지는 않는다. 그런데 고집이 셌던 건 내가 생각해도 문제가 있었던 것 같다.

대학을 졸업하고 전공을 살려 취업을 했으면, 나의 사회생활이 더욱 안정적이었을 것이다. 그러면 글쓰기도 좀 더 체계적으로 배우며 실력을 늘릴 수가 있지 않았을까를 생각해 본다. 그런데 난 그저 혼자 사유를 깊이 한다 여기고, 자만감만 높은 상태에서 글쓰기를 해 사람들에게 공감을 주는 글쓰기를 하지 못했다.

청춘을 지나오니 아쉬움이 남는 게 여러 가지 있다. 그중에서 구본형 선생님이 운영하시던 변화경영연구소의 연구원이 되어 제자로 들어가지 못한 것이 있다. 그때 나의 마음을 진정시킬 수 있었다면, 난 한국 최고의 스승으로부터 배울 수 있었을 것이다. 그런데 인생은 나를 그쪽으로 인도하지 않고, 더 깊은 혼란 속으로 빠트린다.

내가 자주 하는 말이, 자신을 낮출 수 있는 사람은 언제든 훌륭한 스승을 만날 수 있다는 것이다. 난 그때 아주 오만하고, 내가 세상에서 제일 잘난 것으로 여겼다. 물론 당시의 난 마음에 상처가 심해 그렇다는 것을 이제는 이해하지만, 지나고 나서 실펴보면 참 아쉬운 일로 기억된다.

그리고 체계적인 독서와 글쓰기를 배우지 못한 것도 나의 사유의 정확성과 깊이를 이루지 못하게 한 원인이기도 한 것 같다. 굳이 모든 사람이 그러한 과정을 겪을 필요는 없다. 다만, 나의 경우에는 어렸을 적부터 책을 읽은 경험이 전혀 없었고, 또한 홀로 고립되어 책을 읽다 보니 편견을 많이 쌓기도 했다.

구본형 선생님이 말한 좋은 독서법은 '그 책을 읽고 나서 이전과 다르게 태도가 변할 수 있다면' 그런 책과 책 읽기 방식은 훌륭한 것이라 했다. 그래도 책은 나처럼 내향적이고, 혼자서 활동하기 좋아하는 사람이 접할 수 있는 최고의 매체이기도 하고, 최상의 취미 활동이기도 하다. 책은 그만큼 사람에게 좋은 영향을 많이 준다.

난 세상 사람은 타고 날 때부터 모두 비범하다,
생각한다. 다만, 아직 자기에게 내재 된 비범성을
끌어내지 못했기에 자신을 평범하게 여길 것이다.
아니타 로딕 어머니도 말했다. 다시 상기해 보자.
"항상 특별해라. 평범은 거부해라." 우리는 이 세
상에 하나밖에 없는 독특한 존재다. 자신의 일상
을 깨우고, 비범함을 되살려내자.

자서전 IV. 자신

"자기 성찰이 가능한
사람만이 행복할 수 있어요."

- 정혜신

1. 성격

성격은 한 사람의 운명을 결정짓는다. 그렇다고 이것을 인위적으로 바꾸는 것은 쉽지 않다. 이제 나도 나이가 마흔세 살 정도 되니 이 말의 실체를 이해하게 된다. 자신의 성격은 친해지는 것이지, 내가 부러워하는 사람의 모습을 닮으려 애쓸 필요가 없는 것이다.

'애쓰지 마라. 네가 생긴 대로 살아가게 될 것이다.' 이 말은 한때 나에게 대단한 위안을 줬다. 우리는 결국 태어난 대로의 자신을 받아들이게 된다. 그 시기가 언제이냐가 사람마다 차이가 있을 것이다. 사람들은 나이가 들면서 자신에게 점점 만족하게 되는 듯하다.

현명한 사람들이 말하는 변화의 모습도 비본질적인 것을 벗어나 더욱 본질적인 자신과 만나는 것이라고 했다. 사람들은 곧잘 돈을 많이 벌고, 명

예를 쌓고, 권력을 가지면 성공하는 것이라고 생각한다. 그런데 지혜로운 사람은 진정한 자기 자신으로 살 때 성공했음을 느낀다.

이 차이는 크다. 지혜로운 사람은 시간을 자기가 원하는 곳에 원하는 만큼 쏟을 수 있다. 좋게 말해서 1인 기업인데, 이들은 자신이 스스로 삶의 지배자가 된다. 이와 반대의 사람은 외적으로는 성공했을지라도 자기가 원하는 대로 시간을 배분해서 쓰지 못하고, 외부의 고객이나 조직의 질서를 따를 수밖에 없다.

이제 나의 성격을 이야기해 보자. 많이 내향적이고 홀로 있기를 좋아한다. 이것은 어렸을 적부터 그랬다. 나의 형제는 삼 남매이지만, 난 거의 외동아들처럼 자란 듯하다. 아기 때 끓는 물에 머리를 화상 입어, 부모님은 나를 과잉보호하며 키우기도 하셨다.

그렇다고 어려서부터 내가 완전히 내적이었던 것은 아니다. 부모님 말씀을 들어보면 꼬맹이 시절부터 형들을 그렇게 따라 다녔다 한다. 초등학교 때도 동네 친한 형들과 함께 다니며, 구슬치기며 딱지치기 등을 해서 동네를 휩쓸기도 했다. 지금 돌아보면 그냥 생각 없는 채 산 시절이구나 싶다.

이런 내가 더욱 내향적으로 행동하게 된 것 사춘기를 맞아서일 것이다. 그때는 여자 중학교 앞에 여학생들이 몰려 있으면 창피해서 지나갈 수가 없었다. 난 가발을 쓰고 학창 생활을 보냈다. 부모님은 그저 아이를 낳아놓으면 스스로 잘 자라겠거니 하는 분들이었다. 없는 살림에 아이들을 챙기기도 쉽지 않으셨을 것이다.

역시 사춘기 때 학교에서 친구들과 멀어지며 난 고립되기 시작했다. 아마 그때부터 약 15년 동안 친한 친구가 없이 홀로 살았던 것 같다. 혼자 사는 것이라면 이제 이골이 났다. 그리고 난 이게 싫지도 않았다. 학창 시절과 대학 시절 때는 좀 창피했다. 그때는 또래 친구 관계가 중요한 시기이기 때문이겠다.

그래서 법학과에 진학을 했는데, 나중에 방황하며 알게 된 것이 법학은 과거의 전례를 공부하고 다룬다는 것이었다. 난 보다 진취적이고 미래를 내다보는 것에 관심이 많다는 것을 어느 순간 알게 되었다. 난 나무보다 숲 전체를 먼저 조망하기를 좋아한다. 그리고 현재보다 미래 가치를 중요하게 여긴다.

보통 사람들은 나를 뜬구름 잡는 사람으로 바라보기 쉽다. 내 시야가 미래에 향해 있기 때문이다. 특히, 현실적인 사람들은 실제에 뿌리를 튼튼히 내리고 있어, 사무적이고 반복적인 일에 쉽게 적응한다. 그런데 나처럼 미래에서 온 적자들은 단순 반복적인 일을 지루해하고, 매번 새로운 방식으로 접근하길 좋아한다.

나는 생각하는 사람이기도 하지만, 느끼는 걸 즐기기도 한다. 남들과 다투는 것을 싫어하고, 먼저 양보하고 포용하는 편이다. 한때는 내가 논리적이라고 생각할 때가 많았는데, 그것은 혼자 생각을 많이 하다 보니 스스로 그렇게 느꼈던 것 같다. 난 보다 감성적이고 사람에게서 정을 많이 느끼는 타입이다.

자유로운 것을 선호하지만, 지나치게 방만한 것은 못 참는 편이다. 대학 시절 고시 공부를 할 때는 꽤나 규칙적으로 생활하려고 했다. 난 불안과 강박이 심해, 의외의 상황을 별로 좋아하지 않는다. 집이나 일터에서의 환경이 변화되는 것을 원하지 않고, 그저 익숙한 상태를 좋아한다.

2. 놀이

내향적이고, 미래를 내다보길 즐기고, 다투기보다 사람 간의 융화를 중시하고, 규칙적으로 생활하기를 좋아하는 나는 어떤 놀이, 즉 취미 활동이 잘 맞을까? 역시 홀로 있는 시간을 즐기기에 난 혼자서 책을 보고, 생각을 정리할 수 있는 글쓰기 활동이 잘 맞는다.

그런데 신기하게도 아직 내 마음에 분노가 상당한지, 지금까지는 사람의 마음을 읽고 챙기는 글을 쓰지 않았다. 난 계속 무언가와 다투려 했고, 글로써 이러한 활동을 하는 데에는 두려움이 없었다. 난 사실 겁이 매우 많은 축에 속하는 사람이다.

내향적이니 홀로 책을 읽는 작업이 잘 맞고, 미래를 내다보길 즐기니 사람들의 아픈 상처나 후회를 치유해 행복하게 되는 걸 돕는 걸 좋아한다.

그리고 융화를 중요하게 생각하니 개인주의보다 공동체적인 삶에 관심이 많이 간다. 규칙적인 시간을 정해 글 쓰는 활동이 좋기도 하다.

어느 책에서 보니 아이들과 대다수의 여자 그리고 소수의 남자만이 놀이 능력을 끝까지 유지할 수 있다고 했다. 난 그 소수에 들어가려고 나를 짓눌렀다. 나는 그동안 잘 노는 사람에 속하지 못했다. 강박적으로 공부에 몰두해야 했고, 휴식은 그저 다음의 공부를 위한 과정이었다. 전형적인 고시생의 모습이기도 했다.

그런 내가 대학 시절 방황하며, 혼자서는 많이 놀게 된다. 주로 컴퓨터로 게임을 하거나 채팅을 하며 놀았다. 혼자 영화 보기도 즐겼고, 산책도 매우 좋아했다. 인생이 매우 괴롭던 20대 후반에는 혼자 야구장에도 많이 갔고, 축구를 보러 가기도 했다.

그러던 어느 시절 좋은 책을 한 권 읽었다. 거기서는 일반적인 놀이를 이야기하고 있지 않았다. 사람은 자기 방식대로 놀지 않으면, 놀아도 논 것 같지 않다고 했다. 노는 것까지 남들의 눈치를 보고, 남들의 방식에 맞추는 답답함이 동양 사회에는 있었던 것이다.

그 책의 저자는 망아의 경지에서, 그러니까 자신을 잊을 정도로 몰입해서 노는 것을 추천했다. 꼭 무슨 대회에 나가 상을 받거나, 누구에게 과시하려는 활동이 아니라, 그저 무심히 나를 기쁘게 하기에 그 놀이를 하는 것이다. 이런 사회는 다양성이 인정을 받고, 개성이 존중된다. 그래서 창의적일 수 있다.

지금 시대는 창의성과 상상력이 힘을 발휘한다. 이것은 잘 놀 줄 아는 사람에게서 나타나는 능력이다. 어린아이들을 보면 우리가 어떻게 행동해야 할지 답이 나온다. 아이들은 자신의 느낌에 충실하다. 바깥세상의 논리보다는 나의 재미가 우선이

다. 그래서 아이들은 낯선 질문을 어른들에게 던
질 수 있고, 매번 즐거운 것이다.

　모두 즐겁게 살자고 사람들이 노력 중인데, 실제
로 그렇게 사는 사람을 한국 사회에서 잘 볼 수
없다. 그래도 문화생활을 중시하기에 예전보다는
나아졌지만, 아직도 한국인은 인상을 잔뜩 찌푸리
고 하루를 보낸다. 이래서는 현대 사회에서 인재
로 거듭나기 힘들다. 오직 자기 분야에서 즐기는
자만이 일을 훌륭히 해낼 수 있다.

　그래서 어른들에게도 놀이 능력이 중요한 것이
고, 또 그런 시대가 도래한 것이다. 잘 놀고 휴식
을 잘 취하려면, 세상에 마음을 열어야 한다. 인생
은 우연적 요소가 많이 작용하고, 무엇이 우리 마
음에 무찔러 들어오던 받아들이는 자세 또한 중요
하다. 그리고 많이 웃으라 했다. 일할 때 웃고 있
는 사람들은 실제로는 놀이를 하고 있는 것이다.

난 과연 내 일을 놀이로써 받아들였던가. 지난 10년 동안 전화로 주간지를 판매하는 일을 해 왔는데, 처음 신입직원 때와 이 분야가 활황기였을 때는 마치 게임을 하듯 즐겼다. 그런데 사양 산업에 가까워지니 일하기가 버거워져, 일에서 자주 벗어났으면 하는 생각을 자주 했다. 난 고객과 회사의 연결 고리 역할을 한다.

그리고 내겐 또 하나의 놀이가 있다. 앞서 말한 대로 홀로 책을 읽고, 글로 정리하는 작업을 할 때 나는 가장 행복하다. 물론 이 활동도 때론 지루한 적도 있지만, 좋은 책에도 지루한 부분이 있고, 훌륭한 인생에도 무기력한 시절이 있는 법이라는 것을 난 이제 이해한다. 자기만의 놀이가 있는 사람은 행복하다. 인생의 목적은 행복에 있는데 말이다.

3. 여행

　자신을 이해하는 데 있어 빼놓을 수 없는 활동
이 여행이다. 왜냐하면, 밖에서 자기를 되돌아볼
때 우리는 새로운 자신과 만날 수 있기 때문이다.
그래서 그처럼 많은 사람이 여행을 좋아하는 이유
다. 그리고 여행은 자신을 무방비로 풀어놓은 채
떠날 수 있는 대단히 자유로운 경험이다.

　그런데 난 아쉽게도 여행을 스물아홉 살 때까지
거의 해 보지 못했다. 기껏해야 서울의 유명한 곳
을 혼자서 돌아다니거나, 지방의 소도시를 다닌
것이 전부다. 이것에는 내가 가발을 쓰고 있어 활
동의 제약도 있었고, 더욱이 도서관을 떠날 줄 모
르고 고시 공부를 한다던가, 책 보는 것 때문이기
도 했다.

　누나가 일찍 결혼했는데, 누나네 가족과 조카들
과 함께 서울 여행지를 함께 놀러 다닌 기억이 조

금 있는 편이다. 한강에 바람 쐬러 가고, 월드컵 공원에도 놀러 가서 조카들과 작은 호수라던가, 맛있는 음식을 먹으며 휴가를 즐겼다. 참, 조카들과는 내가 스물아홉 살이 지나서 야구장이며, 축구장도 데리고 다니기도 했다.

이것 외에는 서울의 대학교 교정을 방문해 그곳을 탐방하는 걸 즐겼다. 난 왜인지 모르겠는데 대학교 교정이 좋았다. 공부하는 걸 좋아했기도 했고, 그곳의 도서관에 방문해 책을 읽는 즐거움도 있었다. 그리고 대학 캠퍼스는 공원과 비슷하게 꾸며져 있어 좋았다. 그리고는 방문지를 넓혀 지방 대학의 교정을 혼자서 여행하기도 즐겼다.

내가 본격적으로 여행의 참맛을 알게 된 것은 구본형 선생님을 만나고 난 후였다. 선생님은 항상 여행의 중요성을 이야기하셨다. 그리고 여행을 즐기지 못하는 사람은 아직 스스로 인재로 끌어올리지 못하는 사람이라고도 말씀하셨다. 선생님은 마흔다섯 살에 남도를 두 달 정도 여행한 후에

<떠남과 만남>이란 책도 펴내셨다.

또한, 그 당시에 딴지총수 김어준 씨의 한겨레
상담 칼럼을 재밌게 읽고 있었는데, 그는 해외여
행을 매우 많이 다닌 사람이었다. 그래서 상담 칼
럼에도 해외여행에 관한 이야기라던가, 그곳에서
활용할 수 있는 팁을 알려 주었다. 그렇게 난 조
금씩 해외여행에 관한 로망을 품게 된다. 그러다
실제로 몇 년 후에 해외로 여행을 떠난다.

구본형 선생님과는 '꿈 프로그램'을 다녀와서 1
개월 후에 변화경영연구소 선배들과 함께 남도 여
행을 하게 됐다. 2박 3일의 여정이었는데, 그때의
내겐 꿈과 같은 시간이었다. 남도의 좋은 곳을 함
께 둘러보기도 했지만, 당시에 매우 존경했던 구
본형 선생님과 같이 시간을 많이 보낼 수 있어 좋
았다.

특히, 다산초당 앞의 한 찻집에서 우리는 술을

마시며 늦게까지 이야기꽃을 피웠다. 그때 나는 정상인 상태가 아니라, 선생님 앞에서 처음으로 술에 취해 제멋대로 행동하는 실수까지 범했다. 그런데 다음 날 선생님은 아무 일이 없었던 것처럼 나를 대해 주셨다. 선생님은 그처럼 마음이 넓은 분이었다.

아침 일찍 다산초당에 올라가 천일각이란 정자에서 선생님은 내게 인상적인 가르침을 전해 주셨다. "신웅아 이리 와 보거라. 저쪽에 보이는 강이 구룡포이다. 너도 그동안 많은 시도를 하였는데, 이제는 한 곳으로 관심사를 모아 보아라." 이때 난 선생님께 처음으로 배움을 얻었다. 그것도 항상 그러셨던 것처럼 매우 아름다운 상황 속에서 말이다.

그리고 앞서 말했던 것처럼, 나의 고집 센 성격 때문에 난 정신을 놓게 된다. 그리고 바람에 흩날리는 괴기한 사람처럼 세상을 떠돌아다녔다. 그때 아르바이트를 시도해 봤는데 잘되지 않았다. 해외

여행은 가고 싶은데 돈이 없어, 청약 저축에 넣어 놓은 돈 중에 70만 원을 대출받아 결국, 동남아시아 한 달 여행을 떠나게 됐다.

　매우 적은 돈이었는데, 그때 김어준 총수로부터 전해 들은 말이 여행에 꼭 돈을 많이 갖고 간다고 좋은 여행을 하는 게 아니란 이야기를 들었다. 그리고 돈이 적을수록 얻는 게 더 많은 여행을 할 수 있다고 했던 것 같다. 25만 원 정도 왕복 항공기 티켓을 끊고 45만 원을 갖고 난 태국으로 도망가듯 튀었다.

　태국에 내리자마자, 내가 신세계에 당도한 것 같았다. 난 아무런 사전 정보도 없이 그냥 몸 하나 갖고 떠난 것이었다. 그곳 공항에서 태국의 착한 학생을 만나, 어디로 여행하면 좋다는 정보를 얻을 수 있었다. 매우 멋진 남학생으로 내겐 기억되었다. 그렇게 나의 한 달 동남아시아 여행은 시작되었다.

4. 고독

자신을 아는 데 있어 고독도 빼놓을 수 없다. 고독하지 않은 자 자신에게 접근할 수 없다. 독일의 대문호 괴테 또한 "사람마다 통과하기를 주저하는 문"을 우리는 외람되게도 열어젖힐 필요가 있다 했다. '고독과 방황을 거치지 않고' 우리가 이룰 수 있는 비범함과 위대함은 없다고 했다. 고독은 그처럼 외롭지만, 매혹적이다.

고독하면 내가 좋아하는 법정스님이다. 스님은 스스로 괴벽스러운 성미라 하면서 자신은 사람들과 어울려 지내기보다는 독거가 좋다고 하셨다. 예부터 불가에서도 홀로 지내길 좋아하는 스님들은 깊은 산에 들어가 혼자서 수행하기를 즐겼다. 이것은 무슨 뜻이 있어서 그런 게 아니라, 그냥 그분들은 그런 성향으로 태어난 것이다.

요즘 다행히 고독의 중요성을 사회적으로 많은

사람이 인식하게 된 듯하다. 예전만 하더라도 고독하다는 것을 좋게 바라보지 않았다. 그런데 사회가 개인주의적이고, 또한 창의성 및 다양성을 존중하는 분위기로 흐르면서 홀로 생활하고, 혼자서 많은 시간을 즐기는 사람을 인정하기 시작했다. 더욱이 현대는 그런 삶이 지향되기도 한다.

그런데 안타까운 일은 현대인들이 과연 고독을 즐기는 것일까에 관한 의문이다. 법정스님도 홀로 지내는 사람들은 고독은 하되, 고립되지는 말라고 했다. 현대를 살아가는 우리는 아파트 옆집에 누가 사는지도 모르고, 인사도 하지 않는다. 이것을 과연 고독으로 봐야 할지, 고립된 것으로 생각해야 할지 알 수 없다.

인간은 사회적 동물이기에 고립되면 우리는 정신적 이상 증세를 보이기 쉽고, 인생이 무너질 수 있다. 그런데 고독은 사람에게 유익하다. 원래 인간이란 존재 자체가 알고 보면 모두 혼자서 살아가는 것이다. 이것은 사람의 본질적인 모습이다.

그래서 굳이 고독을 추구하지 않더라도, 사람들은 고독한 시간을 맞이할 수밖에 없다.

　나 또한 홀로 지내길 좋아하는 사람이어서 고독과 친하다. 그런데 내가 고독을 즐긴다고 확실히 말할 수는 없다. 다만, 책을 읽는 시간이라던가, 글을 쓰는 순간은 혼자서 하는 활동이다. 이 시간은 난 최대한 즐겁게 보낸다. 이 순간이 쌓여 나의 창작물이 나오고, 내가 희망하는 작가의 꿈에 한 걸음 더 가까이 다가갈 수 있기 때문이다.

　나와 비슷한 유형의 사람들, 즉 내향적인 기질과 미래를 내다보는 직관형은 고독을 잘 받아들일 것이다. 그렇다고 꼭 이런 사람들만 고독을 즐긴다는 것은 아니다. 외향적이고 현실적인 사람들도, 이들은 확실히 많은 사람과 함께 활동하며 에너지를 얻지만, 개인적으로 추구하는 삶이 있기에 고독 또한 환영할 수 있겠다.

법정스님의 책에 이런 글이 실려 있었다. "혼자서 자란 아이들은 혼자 살 수밖에 없도록 길들여져 있다. 그는 혼자 있는 것이 좋았고 그렇게 훈련되어 왔다. 혼자서 자란 아이들은 결국 누구나 혼자라는 사실을 이해한다. 그래서 혼자가 되는 이런 순간에 맞닥뜨릴 것에 대비하여 미리 연습하면서 살아간다."

　스님도 외동아들로 홀로 살아왔다. 특히, 스님은 할머니와 많은 시간을 보낸다. 그런 스님은 홀로 사는 인생에 이골이 날 정도로 길들여져 있었다. 스님은 또한, 이런 말씀도 하셨다. 길을 가다가 자신보다 나은 사람을 발견하지 못하면, 무소의 뿔처럼 혼자서 가라. 이것은 친구의 영향이 절대적인 것을 말하는데, 겉치레보다는 차라리 고독이 낫다는 것이다.

　나는 자연히 고독할 수밖에 없게 인생이 꾸려졌다. 고등학교 2학년 이후로 15년 동안 친구라고 하거나 친하게 지내는 사람이 없었다. 아마 이때

의 난 고독하기도 했지만, 많은 시간을 고립 속에
서 보냈을 것이다. 그 결과 난 동네의 가까운 정
신건강의학과를 찾게 된다. 대학을 졸업할 때에는
대인공포와 사회공포 증상이 나타난 것을 보면 말
이다.

여전히 난 고독을 즐긴다. 그런데 이제는 사람들
속에서 고독하고 싶다. 정말 인생을 현명하게 사
는 사람은 대중 속에서 살아가지만, 때때로 고독
한 시간을 갖는다. 사람에게 마음을 열고, 세상을
받아들이고 싶어졌다. 하지만, 인간관계는 계획한
대로 되지 않는다. 가까운 사람은 다행히 몇 명
생긴 것 같은데, 좋아하고 사귀고 싶은 이성은 아
직 없다.

청춘을 다시 산다면 4
: 역시, 사람은 사람과 함께 놀아야 재미있다

나이가 들어가며 우리는 보통 자신의 성격에 만족하는 듯하다. 청춘 때 다른 사람이 되어 살아보려고 그토록 애를 쓰지만 잘되지 않는다. 한국도 서양과 마찬가지로 외향적이고 활동적인 사람이 인기가 많은 듯하다. 그래서 많은 사람이 젊어서 그런 성격을 갖고자 할 것이다. 그런데 모두 그렇게 될 수 없다. 사회란 곳이 원래 다양한 존재가 살아가는 공간이어서 그렇다.

나는 야간 대학생이라는 부끄러움과 머리 열등감이 있어, 그냥 공부만 하며 법학 자격증을 따면 된다고 생각을 해서, 당시에는 다른 것에 아무런 관심도 없었다. 정치며 사람 관계 등 나의 관심은 오로지 합격해 집의 경제적 안정을 이루는 것이었다. 다른 것에 관한 호기심과 관심은 거의 없었다.

사춘기 때부터 혼자 있는 시간이 많았는데, 대학 때도 그렇게 살아가다 보니 난 어느새 사회로부터 고립되어 있음을 느꼈다. 그렇다고 활동적이지 않던 내가 사람들을 많이 만나며 변화를 줄 수도 없었다. 그때 난 채팅을 그렇게도 좋아했는데, 아마 유일하게 내가 사회와 만날 수 있는 통로이고, 여학생들과 이야기도 나눌 수 있는 곳이어서 그랬던 것 같다.

그렇다면 채팅에서 만나게 된 형이나 여학생들과 좀 더 활동적으로 지냈으면 어땠을까, 하는 아쉬움이 남는다. 그때는 너무 수줍음과 열등감이 높아 그렇게 생활할 수 없었다. 나의 관심은 오로지 자격증 합격에만 있었기에, 이때 사람들과의 만남을 부수적으로 생각했었을 것이다. 이것이 나의 대인관계의 폭을 좁게 만들었고, 지금까지도 영향을 받고 있다.

다행히, 대학 때부터 나에 관한 탐구는 적극적이었다. 난 혼자 경쟁력을 키워 놓아야 한다는 강박으로 나에게는 투자를 많이 했다. 그런데 대학 때 나에게 더욱 관심을 가지며 내가 과거에 관점을 두는 법학보다는, 미래를 내다보는 공부가 더 잘 맞겠다, 는 생각을 하기에 이른다. 다시 전공을 선택하라 하면, 우리 집이 경제적으로 안정적이란 전제하에서는, 철학과 심리학일 것이다.

난 사회에 관심을 두는 정치나 법학보다는, 개인의 심리적 성장에 관심이 많아 철학과 심리학이 잘 맞았을 것이다. 그렇다고, 그때로 돌아가면 실제로 내가 이런 전공을 선택한다는 것은 아니다. 이것은 이론적으로 그렇다는 것이고, 지금의 난 공부에 지쳤는지 몸을 쓰며 활동할 수 있는 물리치료사나 남자 간호사 등에 관심이 간다.

우리나라 공교육은 학생들에게 자신이 누구인지 탐색할 시간을 주지 못한다. 그래서 나 또한 그냥 열등감에 빠져 공부에만 집중해 자격증을 취득하는 데 도움이 되는 법학과를 선택했다. 만약 고등학교 때 나에 관해 더욱 잘 파악할 수 있는 기회가 주어졌으면, 지금의 내 미래는 달라져 있을 것이다. 관심사뿐만이 아니라 실제의 내 생활이 변화했을 것이다.

대학 때부터 20대 후반까지 거의 난 혼자서 놀았다. 놀이하는 방식도 개인의 기질과 성향이 많은 영향을 끼치겠지만, 나의 경우에는 고립되어 주로 혼자 활동했다. 이것은 원천적으로 대기업이나 일반 조직에 들어가 일하고 싶은 욕구를 차단했다. 그래서 난 혼자서 경쟁력을 쌓는 자격증 공부에 몰두했고, 그러다 보니 더욱 혼자서 인생을 살게 됐다.

다행히, 이때 책 보는 것과 생각을 하다 보니 글쓰기를 즐기게 된 것은 지금 돌아보면 좋은 점이다. 그런데 책을 쓸 때도 너무 나의 성격적 특성인 고집을 부리거나, 공감하지 않으려는 면을 보여 좋은 글쓰기를 하지 못한 아쉬움이 크다. 그리고 또한, 나의 특성대로 내지르는 글을 쓰다 보니 읽는 독자들에게 공감과 좋은 사유의 기회를 주지 못한 점도 있다.

좀 더 일찍부터 책 읽기를 즐기고, 글쓰기를 하였다면, 즉 놀이로써 이 활동을 즐겼으면 더 나은 책 쓰기가 가능했다고 생각된다. 그런데 인생은 모두 때가 있는지 대학 이전의 나는 운동을 하며, 혼자 노는 것에 익숙했다. 대학 때도 다른 학생들과 교류하며 지냈으면 더욱 소통되는 글쓰기도 가능했겠다는 생각도 든다.

우리는 놀이하는 인간이라고 많은 책에서 말한다. 진정한 놀이는 혼자 하는 게 아닌 듯하다. 우리가 사회적인 존재인 이상 사람과는 부딪힐 수밖에 없다. 현대 사회는 개인주의적으로 흐르고 있어, 사람들이 고립되어 혼자 노는 시간이 많다. 그런데 정말 잘 노는 사람들은 타인과 함께 아이디어를 나누고, 훌륭한 기획을 하며 더불어 시간을 보낸다.

젊어서 여행은 충분히 해 보지 못했지만, 구본형 선생님과의 짧은 여행 덕분에 좋은 여정이 어떤 것인지 대략 느낌을 가질 수 있었다. 그리고 김어준 총수의 해외 여행 팁에서 훌륭한 아이디어를 많이 얻었다. 그런데 동남아시아로 한 달 여행을 떠났지만, 이론을 실제의 여행에서 발휘하려니 한계에 부딪힐 때가 많았다.

동남아시아는 태국부터 남쪽의 싱가포르까지, 낡은 열차를 타고 횡단했다. 이때의 추억은 참으로 아름답게 기억된다. 그런데 해외여행이 처음이라 방문하는 것 자체로 난 만족한 듯했다. 태국의 어느 섬에서는 공사장에서 사람들을 설득해 노숙도 하고, 싱가포르에서는 미술관 지하에서 노숙인들과 함께 잠을 잔 경험도 있다.

그렇게 여행하다 보니 원점이었던 태국에 너무 빨리 되돌아오게 되었다. 한 마디로 태국에서 그냥 시간을 떼우게 된 것이다. 이때 난 돈도 모두 떨어져 가서, 원래 계획은 싱가포르 한국 식당가에서 돈을 벌어 인도로 튀는 것이었다. 그리고 인도에서도 돈을 벌어, 유럽으로 다시 여행을 떠나려는 생각이었다.

실제의 난 그렇게 행동 자체가 되지 않아, 갑자기 부모님께 전화해서 30만 원만 붙여 달라고 했다. 숙소 비용이 없었기 때문이다. 그렇게 숙소 문제는 해결되자, 태국에서 할 게 없어진 나는 10여

일을 국립도서관 한국 코너에서 강준만 교수의 '현대사 시리즈' 책을 모두 섭렵했다. 그리고 태국의 낯선 문화를 체험하고 귀국하게 된다.

회사에 들어가니 돈을 벌 수 있었고, 친한 선배가 생겨 여름휴가 때는 일본 여행을 몇 번 했다. 도쿄와 오사카를 다녀온 것 같다. 그리고 시간이 흘러 유럽을 한 번 여행해 보고 싶어, 뇌성마비 장애인인 여동생을 설득해 영국과 프랑스를 10여일 여행하고 돌아왔다. 난 여동생을 에스코트해 주는 의미였지만, 나에게도 매우 즐거운 시간이었다.

참, 부모님과도 여행을 함께 하고 싶어 중국을 다녀온 일이 있다. 여행하기 좋은 상하이로 가족 해외여행을 처음으로 떠났다. 해외를 처음 나가니 부모님은 좋아하셨다. 그리고 숙소를 잘 잡아 여행이 즐겁기도 했다. 난 가족을 한국으로 귀국시켜드리고, 혼자서 베이징을 여행했는데 그 여행 과정은 즐거웠지만, 그곳에서의 중국 문화 체험은 아쉬운 게 많았다.

고독은 내게 익숙한 주제였다. 그리고 난 스스로 경쟁력을 쌓아 놓아야 한다고 강박적으로 생각하며 20대 시절을 보내, 나에 관한 탐색은 나름 만족했다. 그래서 고독한 시간은 나를 더욱 성장시키는 계기가 되었다. 혼자서 책을 보고, 글 쓰는 것에 재미가 들어 고독한 시간을 그런 활동을 하며 많이 보냈다.

대학 때 아쉬운 것은 여자아이들과 연애를 길게 해 보지 못한 점이다. 그리고 또래와도 친구 관계를 적절히 맺어보지 못한 것이다. 그래서 난 사회적으로 더욱 고립되기도 했고, 사람들에게 여전히 부끄러움을 많이 탄다. 사회적 존재인 인간은, 아무리 개인주의적인 형태로 변화해도 역시 사람과 관계하며 살아가는 곳인 것 같다.

우리는 어떻게 평범을 벗어나 비범한 사람이 될까? 이것은 청춘 때부터 나의 고민이었다. 그래서 난 젊을 때부터 나이가 들어 이루려는 빛나는 계획을 세워 뒀다. 그런데 인생은 나를 그쪽으로 인도하지 않았다. 난 허허벌판의 길에서 계속 소낙비를 맞아야 했고, 맑은 하늘은 가끔 보였다. 삶으로부터 내가 내팽겨진 느낌을 난 젊어서 느껴야 했다.

누군가 말하길 인생은 계획대로 잘되지 않는다, 했다. 그러니 현재를 닥치는 대로 살라고 했다. 이분이 하는 말은 지금 이 순간을 살라는 것이지, 행복을 미루거나 무언가를 쌓는데 현재를 허비하지 말라는 것이다. 난 대학 때는 열등감이 최고조라 성취에만 급급했던 것 같다. 그래서 사람 관계에 소홀하고, 미래에 시간을 저당 잡혔다.

그리고 좀 더 일찍 심리상담을 받았으면, 고립에서 벗어나 고독한 단계로 빨리 도달했을 것이다. 우리 집이 여유가 있는 상태가 아니라서, 부모님은 내가 고등학교 때부터 신경증 증상을 보였는데 시내의 정신과 의원에 데려갈 생각을 못 하셨다. 이것에 관한 나의 아쉬움은 없다. 인생은 저절로 흘러가게 마련인 것이니까 말이다.

또한, 대학 때 나의 열등감이 하나 더 있었는데, 그것은 이빨이 하나 뻐드렁니로 튀어나온 것이다. 이것 때문에 사람들 속에서 웃을 때 난 항상 손으로 가려야 했다. 이것도 부모님이 강원도 도시로 데려가 치아교정을 해 주셨으면 좋았을 일인데, 부모님은 그러시지 못하셨다. 다행히 이것은 대학 졸업 후에 나 스스로 불편을 느껴 치아교정을 받고 현재는 당당히 웃는다.

이것은 살면서 깨달은 것인데, 정말 인생을 살 줄 아는 사람은 대중과 함께하지만, 때때로 홀로 있는 시간을 즐긴다는 것이다. 내가 알게 된 변화경영사상가 구본형 선생님이 그런 분이셨다. 선생님은 그만큼 자기 스스로 엄격하신 분이었고, 세상 사람들에게는 한없이 부드럽고 인정이 많은 마음이셨다. 난 이것을 지켜봤기에 그런 삶을 꿈꾼다.

자서전 VI. 직업

"아침에 일어나, 하고 싶은
일을 하는 사람은 행복하다."

- 구본형

1. 취업

정신과 선생님과 우연히 심리상담을 하게 되면서, 당시 고시원 야간총무 일을 하고 있는 게 내게 적절하지 않다고 생각되었다. 그래서 난 그 일을 그만두고 우선 여동생 집으로 들어갔다. 여동생은 다리 수술을 해서, 집에서는 아버지와 단둘이 생활했다.

처음에는 정신과 선생님과 상담을 하며 취업 준비를 하였으므로, 회사에 금방 취업할 줄 알았다. 그런데 나의 우울증이 생각보다 깊어 난 집에서 누워 있는 데 많은 시간을 썼다. 그러면서 취업 사이트를 검색하며 10개월을 보낸 것 같다.

우연히 '시사인'과 관련된 회사가 눈에 띄었다. 당시 신문을 좋아하던 나는 저 회사가 어떤 곳인지 알고는 있었다. 시사인 법인사업부라 해서 지원을 하게 됐는데, 면접을 보고 나니 시사인을 전화로 영업하는 지사라고 알게 됐다.

다행히 면접은 합격했는데, 왜 그런지는 몰라도 출근 하루 전날 밤에 머리가 너무 아파 왔다. 난 내 직감을 잘 믿는 편이었는데, 이것이 그 회사에 나가지 말라는 신호로 여겼다. 그런데 아침이 되어 그냥 출근했다.

처음 회사 생활을 하는 것이라, 첫날부터 긴장을 많이 했던 것 같다. 다행히 회사에 좋은 분이 있어, 점심을 먹고 내 이야기를 많이 했다. 그분은 내 이야기를 잘 들어주었다. 그렇게 나의 전화 영업 일은 시작이 되었다.

처음에는 지인 위주로 판매를 하는데, 난 지인이 거의 없어서 아는 형에게도 전화를 해 보고, 과감하게 구본형 선생님에게도 전화를 드려 봤다. 결국, 회사에서 가르쳐주는 대로 조금씩 전화를 하며 일을 익혔다.

난 긴장할 줄 알았는데, 의외로 일에 적응이 잘 됐다. 그리고 이때는 의욕이 아주 앞서 있어서 그때까지 발행된 시사인을 모두 찾아 읽었다. 매일 이렇게 하다 보니 뭔가가 눈에 띄었다. 당시에 이슈가 되던 곳에 전화를 해 봤더니, 판매가 되었다.

운이 따라주었는지 혹은 나의 노력이 있었는지, 새로운 영역에 판매가 잘 되었다. 그렇게 난 회사에서 일을 안정적으로 할 수 있게 되었다. 그랬더니 문제는 너무 판매가 잘 되니 어느 정도로 판매해야 하는지를 걱정하는 수준까지 이르렀다.

난 이때 자존감이 무척 낮아, 회사에서 동료들의 눈치를 많이 보며 적당히 맞춰 일해야 한다는 생각을 많이 했다. 아버지는 판매가 되면 많이 팔수록 좋다 했지만, 나는 끊임없이 회사나 무언가를 의식하게 됐다.

몇 개월이 흐르고 내 또래의 동료 직원들이 더 들어 왔다. 난 이때 처음으로 회사에서 내 또래들을 만나니 기쁘기도 했지만, 한편으로는 가발을 쓰고 회사 생활을 하고 있어서 그랬던지 그들 앞에서 긴장도 많이 했던 것 같다.

시간이 흐르면서 그들과 같이 퇴근도 하며 조금씩 친해지기 시작했다. 그러면서 점심 먹고 산책도 가끔 하고, 퇴근할 때 같이 걸어가며 이야기를 나누기도 했다. 같이 카페에 가서 수다도 떨고 조금씩 나의 사람에 대한 긴장이 풀리게 된다.

이곳에 취업하기 전까지 내가 해 본 일이라고는 하루 일하고 그만두었던 전단지 붙이기나, 인터넷 서점 물류 센터에서 이틀 일해 본 것, 그리고 대학 다닐 때 방학에 백화점 지하 주차장에서 2달 알바를 했던 경험이 거의 전부였다.

그래서 취업해 회사를 다닌다는 것은 나에게 자부심이 들게 해 줬고, 나도 사회의 일원이 된 느낌 또한 가질 수 있었던 것 같았다. 이때 따르던 선배가 추천해 준 <부하의 자격>이란 책을 읽고, 사회생활이 어떤 것인지 느껴 보기도 했다.

거기에는 월급 받은 돈을 현금으로 모두 찾아보라는 내용이 나왔다. 난 책에서 하라는 대로 월급을 모두 출금해 봤다. 약 100만 원 출금했는데 생각보다 손에 만져지는 게 많아 뿌듯했다. 그렇게 난 회사에 차츰 적응해 나가기 시작한다.

.

2. 재미

직장인들은 자기의 일에 최선을 다하지 않는다고 한다. 대략 10명 중에서 2명 정도가 혼신의 힘을 쏟는다. 어째서 이런 일이 벌어질까? 자신이 하는 일이 재미도 없고, 흥미도 생기지 않기 때문일 것이다. 나 또한 지난 10년 동안 이렇게 일을 한 것 같다.

운이 좋게도 내가 회사에 처음 입사했을 때는 시사인이란 주간지가 잘 팔리던 시기였다. 물론 당시에 사회 경험이 전무 했으므로 난 그 사실을 몰랐다. 회사에서 알려주는 분도 없었다. 그저 판매가 잘 된다는 것만 느끼고 있었다.

그래서 난 게임을 하듯 전화 판매 일을 했다. 고객 1명을 설득하는 과정이 흥미로웠고, 결과가 나올 때는 짜릿한 느낌도 있었다. 내가 한 일은 바로 독자가 신청하면 결과가 나오는 것이라 피드백이 바로 됐다. 몰입의 충분한 요소를 갖추었다.

이것은 몇 년이 지나서 알게 된 사실인데, 내가 전화로 판매하는 일에 소질을 보였다는 것이다. 즉 나의 강점이 어느 정도 발휘되는 일이었다. 책을 많이 읽은 게 독자 모집군을 설정하는 데 도움이 됐고, 나의 절실한 태도가 독자를 설득하는데 작용을 했다.

모든 게 순조로워 보이지만, 일할 당시에는 내 마음에 갈등 요소도 많았다. 이 일을 오래 할 수 없을 것 같은 느낌이 들었고, 일에서 만족감을 크게 가질 수 없었다. 그리고 사회생활이 처음이라 뭔지 모를 힘듦도 있었다.

그래서 결국 1년 4개월 일하고 회사를 그만두게 된다. 내가 너무 영악스럽게 일한다는 느낌을 지울 수 없었고, 이것이 마음에 항상 부담이 됐었다. 남들은 영리하고, 효율적으로 일한다고 했지만, 나는 독자 집단을 찾는 내 모습에 실망을 많이 했다.

10개월 후에 회사 사장님의 제안으로 다시 재입사하긴 하지만, 그때 내 마음은 온통 상처투성이였던 것 같다. 어머니와의 갈등도 있고, 좁은 아파트에서 가족 4명이 함께 살고 있어 스트레스도 컸다. 당시에 내 정신적 건강도 최악이었던 상황이었다.

그때 회사를 그만두고, 시민단체나 작은 병원의 원무과에 취업하고자 했지만 뜻한 대로 되지 않았다. 그래서 회사 선배가 다른 일 구하기 전까지 잠깐 입사해 함께 일하자고 말씀해 주어서 그렇게 했다.

이때 우연히 서강대 교수였던 최진석 선생님의 EBS 인문학 특강 '현대 철학자 노자'란 강의를 듣고 심취해 있던 시기였다. 난 일할 때 항상 동료들이 의식되고, 그들과 보조를 맞춰 일해야 한다는 느낌이 강하게 들었다.

그런데 그분의 주체적인 태도로 살 것과 멋대로 해야 잘할 수 있다는 이야기는 당시의 내게 큰 울림을 줬다. 그래서 회사에서 영업 일에 집중하니 일도 잘되었다. 실제로 예전보다 성과가 2배, 3배 더 좋아지기도 했다.

그렇게 난 다시 회사에 적응하게 됐다. 그리고 지금 하는 영업 일을 나의 언어로 정리해 봤다. 시사인 주간지를 널리 알린다는 사명을 갖고, 진보 사람들과 내가 일하는 회사를 연결해 주는 사람으로 나를 재인식했다.

결국, 시사인 지사였던 내가 근무하는 회사가 사업이 어려워지면서 회사를 그만두게 된다. 이때 다른 회사에 합병이 되어 다른 직원들은 자연히 승계되어 일하게 됐지만, 난 그때 회사에 대한 분노가 컸다. 그래서 끝까지 다퉜다.

시사인 본사에 찾아가 항의를 하기도 했고, 사장님에 대한 적개심이 컸다. 난 나의 양심대로 행동했기에 이 과정에 대한 후회는 없다. 사장님을 고용노동부에 고발하기도 하고 크게 다퉜다. 나중에 화해가 이뤄졌지만, 회사를 그만두게 된 결과만

남았다.

　그리고 2년 정도 시간이 흘러, 합병되었던 곳에 친한 선배가 근무하고 있어서 다른 일하는 것에 어려움을 느껴 다시 시사인 지사에 입사한다. 2번 그만두고 3번째 들어가서 일하게 된 것이다. 우여곡절이 있는 게 인생이라지만, 시사인과는 생전에 어떤 인연이 있었나 보다.

3. 관계

한국은 서양보다 고맥락 관계 중심의 문화이다. 이것이 회사 내에서도 인간관계의 중요성으로 나타나고 있다. 한국의 보통 직장인들이 회사를 그만두게 되는 이유도 인간관계 문제가 크게 작용한다. 나 또한 그랬고, 나의 경우에는 처절했다.

대학 때는 사회공포증을 겪는 느낌이었지만, 어머니가 올라오시고 난 엄청난 정신적 퇴행과 피해의식에 사로잡히게 된다. 신경증 정도의 증상을 앓던 내가, 남 탓을 많이 하게 되는 성격장애로까지 상태가 나빠졌다. 이런 마음으로 당시 회사 생활을 했다.

난 성격도 외곬이었고, 인권 문제에 예민했기에 사장님과는 매번 마찰을 일으킬 수밖에 없는 상황이 됐다. 동료 직원들은 아무 문제 없이 근무했는데, 나는 어떤 결정이 있을 때마다 반발했다. 지금 돌아보면 내가 너무 예민했기에 그랬다는 것을 이해한다.

그런데 당시에는 실제로 문제가 되었던 사실도 꽤 됐다. 그때는 소규모 회사에서 근로계약서를 작성하지 않는다던가, 사장님의 일방적인 업무 지시도 있었다. 난 이런 것 모두에 매우 민감하게 반응했다. 이제는 당시 피해의식이 있어, 동료들과 보조를 맞추지 못했다는 것도 안다.

당시 이런 성격이었기에 사장님과는 몇 번 크게 다툰 적이 있다. 사장님도 다혈질에 속하는 분인지 화가 나며 표현하는 분이었다. 나는 소심하게 이의를 제기하는 편이라 매번 마찰이 벌어졌다. 그래서 정직 1개월 처분을 받은 경험도 있다.

다행히 회사에 친한 선배가 중재를 해 주어, 사건은 크게 나빠지지 않았다. 첫 회사 생활에 대한 갈등과 힘듦이 있어, 1년 4개월 일하고 안타깝게도 회사를 그만두게 되지만, 당시에는 그런 결정을 내릴 수밖에 었었다.

정신과 선생님과 상담을 하면서도 위와 같은 결과에 도달할 정도였으니, 당시의 내 마음은 만신창이 상태였을 것이다. 선생님은 비 온 뒤에 땅이 굳어지니, 그 시간을 잘 지내보라고 해 주셨다. 난 심리상담에 열성적이었지만, 이때 상담을 7개월 동안 받지 않았다.

　첫 회사 생활이어서 당시에는 모든 면에서 힘듦을 느꼈던 것 같다. 직장 상사와의 문제라던가, 동료와의 커뮤니케이션 문제, 그리고 관계 사고에 빠지기도 했다. 모든 것을 나와 관련지어 생각하는 버릇이 컸는데, 이게 회사 생활에서는 문제가 됐다.

　회사에서 많은 동료와 일했지만, 결국 친한 선배 한 명만 인연으로 남게 되었다. 그분은 나보다 연배가 10살 많지만, 나를 친구처럼 받아주어서 지금까지도 잘 지내고 있다. 전화로 영업하는 일이다 보니, 스스로 일하는 방식이고 홀로 일하는 편이다.

이런 유형의 일이어서 나의 성격에는 잘 맞았다. 처음에는 멋모르고 재밌게 일했지만, 요즘은 인터넷 시대라 주간지를 매체로 받아보는 분들이 줄어들었다. 그래도 나의 강점이 발휘되는 일이고, 재능도 있는 것 같아 열심히 하고 있다.

지금 3번째 입사해서 일하고 있는 회사에서는 크게 다툼이 없어 다행이다. 문제는 일에서 성과가 잘 나오지 않는다는 점이다. 이 업계의 활황기가 끝나가는 시기이기도 해서 그런 것 같다. 하지만 열성을 다하는 자에게는 길이 열리게 마련일 것이다.

나는 애착 유형 중에 회피성이라 사람들과 친근한 관계를 잘 맺지 못한다. 다행히 회사에 가깝게 지내는 선배가 있어, 회사 생활에 어려움은 없다. 그런데 다른 동료들과는 스스럼없이 지내기가 어렵다. 아무 문제 없이 지내는 것만 해도 다행인지 모르겠다.

지금 회사에서도 여전히 피해의식은 있다. 아직

자존감이 튼튼하지 못한 내게 당연한 현상일 수 있다. 조금씩 고쳐가려고 하지만, 홀로 지내길 좋아하는 버릇이 강해 때때로 나타난다. 세상 모든 일에는 장단점이 있나 보다. 혼자 일하는 영업 일이어서 좋고, 또 홀로 지내니 문제도 생긴다.

정신과 선생님으로부터 초원에서 살아가는 사자와 사슴의 경우를 상담 시간에 이야기를 예로 들은 적이 있다. 사자는 스스럼없이 지낸다. 강하고 자존감이 높기 때문이다. 그런데 홀로된 사슴은 끊임없이 사방을 주시하고 도망 다니는 신세다. 약하고 자존감이 낮은 상태다.

이 이야기를 듣고 깨달은 바가 많다. 그런데 심리상담은 하나 뚝딱 고친다고 금방 좋아지는 과정이 아니다. 일상생활에서 끊임없이 스스로 느끼고, 훈습의 시간을 가져야 한다. 난 여전히 홀로된 사슴처럼 나를 생각한다. 나의 자아가 튼튼해지면 나 또한 사자로 변모할 것이다.

4. 미래

난 시사인 영업 일을 재밌게 했지만, 당시에는 이 일에서 미래를 그릴 수 없었다. 난 하고 싶은 일이 있기도 했다. 책을 좋아했던 시간이 많은데, 그러다 보니 자연히 글쓰기에 관심이 많이 생겼다. 그래서 글을 쓰며 책을 출간하기도 했다.

그런데 심리상담 분야에서 인지도와 좋은 경력이 없던 나의 책은 출판사의 선택을 받지 못했다. 그래서 무료 출간 서비스를 이용해 첫 책을 출간했다. 이때 난 내가 받은 심리상담의 경험을 바탕으로 관련 연구를 해서 유명해지고 싶었다. 그런데 이것은 뜻대로 잘되지 않았다.

그러던 시기에 우연히 상담심리대학원에 관심이 생겨 공부했다. 첫해에는 떨어지고, 다음 해에 가까스로 합격해 명지대학원에서 공부하게 됐다. 전공과목에 좋은 교수님들이 많아 흥미롭게 공부를 잘했다. 특히 정신분석적 상담 과목을 인상 깊게 들었다.

상담심리사라는 자격증도 이 분야에서는 인정받고 있어 취득하려고 1년 동안 수련도 받으며 나름대로 열심히 공부했는데, 시험이 내게는 너무 어렵게 느껴졌다. 난 자격증 시험 제도에 분노하며 더는 공부하지 않겠다고 마음을 먹고 자격증 취득을 포기했다.

대학원은 2년 반의 과정이었는데, 시간은 금세 흘러 졸업하게 됐다. 대학원에서 깨닫게 된 것은, 나는 성격은 여전히 외곬이라는 것과 그래서 동기들과 어울리는데 쉽지 않다는 경험을 했다. 그리고 내가 사람을 잘 품지 못하는 사람이라는 것도 알게 됐다.

졸업할 때 다행이었던 것은 <성장하려는 사람들과 함께 합니다>라는 나의 첫 책을 출간했다는 것이다. 유일하게 대학원 과정에서 성과물을 남긴 것이다. 이 책의 부제는 '자기치유 및 자아성장 에세이'였다. 난 첫 책을 출간한 것에 만족했다.

자격증을 취득하지 못했으니, 졸업한 후에 진로를 심리상담가로 맞췄었는데 나의 희망은 물거품이 되었다. 당시 시사인 지사에 다니던 일도 회사가 어려워지면서 잘되지 않아, 나는 진로에 불투명한 상황이었다.

그때 사회복지사 자격증에 관심이 생겨 공부했고, 그 시간 동안 할 수 있는 일을 고민한 끝에 장애인 활동지원사라는 것을 알게 돼 자격증을 취득 후 일하게 됐다. 오전에는 전신 마비 장애를 입은 형님을 보조하고, 오후에는 발달 장애 친구를 도왔다.

그런데 이 일이 너무 힘들게 느껴졌고, 또 우연히 발달 장애 친구가 우발적인 행동을 함으로써 다치게 되어 몇 개월 산재 치료를 받았다. 그렇게 시간을 보낸 후 할 일을 찾다가 다시 예전 시사인 지사 영업 일을 3번째로 입사해 일하고 있다.

이제는 나이도 좀 들고, 철도 들었는지 시사인

영업 일 자체에 만족한다. 그리고 난 불안이 무척 많은 성격의 사람인데, 미래를 너무 두려워하는 특성이 강했다. 그런데 이제는 지금 이 순간에만 초점을 맞춤으로써 불안을 극복해 나가고 있다.

지금 이 일에 최선을 다하고, 때가 되면 또 다른 일을 맡아서 최선을 다하면 된다, 고 생각하기 때문이다. 이제 오지 않은 미래를 두려워하지 않게 됐다. 모두 심리상담을 오랫동안 받은 영향으로 내 마음이 강해진 것이 중점이 됐을 것이다.

지금도 작가의 꿈은 버리지 않았는데, 이것도 되면 좋고 안 되면 취미 활동으로 그냥 계속 이어나갈 생각이다. 그리고 어느 신화학자의 말마따나 그것이 좋으면 10년이고, 20년이고 계속 하면 된다는 것이다. 그 자체에 행복이 있으니 말이다.

책은 2018년에 처음 출간한 후에 매년 꾸준히 펴내고 있다. 5년 동안 6권의 책을 썼는데, 아마 이 책을 출간하면 7권의 책을 쓴 저자로 기록될 것이다. 물론 아직 알아주는 사람은 아무도 없지만 말이다. 나는 홀로 생각하길 좋아하니 글로 정리할 때가 흐뭇하다.

특히 난 법정스님의 수필을 좋아하는데, 스님의 글을 읽고 있을 때가 가장 마음이 편안하다. 나도 에세이 형태의 글을 많이 쓰는데, 좋은 영향을 받고 있다. 결국, 좋은 글은 좋은 삶에서 나오는 것 같다. 오늘 하루를 잘 살아야 하는 이유이다.

청춘을 다시 산다면 5
: 좀 더 일찍 세상과 화해를 했으면 어땠을까?

나의 경우에는 20대 후반에 고시 공부를 접고 취업할 기회가 생겼는데, 나의 분노 때문에 세상과 더욱 멀어지게 됐다. 어머니가 올라오셨다는 핑계 때문에 난 좌절했지만, 만약 그때 고시원을 얻어 집을 나갔으면 지금 난 어떤 모습일까?

그랬으면 내 특유의 친절함과 웃음으로, 어떤 회사에 들어갔어도 적응은 했을 것이다. 당시에는 광고 회사에 카피라이터로 취업하고 싶었는데, 아마 뜻대로 잘되지는 않았을 것이다. 그래도 취업을 한 회사에서 내 역할은 잘 맡아서 처리했을 것 같다.

그런데 세상일은 뜻대로 되지 않는 법인지, 난 2년 동안 어머니를 향해 분노만 하면서 생활을 엉망으로 망쳤다. 내 딴에는 스스로 그 상황을 겪어, 사람이 어떻게 심리적으로 병에 걸리고, 퇴행 되는지 겪어본다는 생각이었지만, 이것은 조금 망상이었다.

결국, 주변의 정신건강의학과에 가서 심리치료를 받게 되지만, 그때의 난 황홀했고 새로운 나를 발견하기도 하고, 고양된 시기이기도 했다. 이때 자유로운 작가들을 알게 되며 새로운 영역에 눈을 뜨기도 했다. 지나고 나서 보니 나와 잘 맞지 않는 길이라는 걸 알게 됐다.

난 세상을 조금 물러나서 관찰하는 것을 좋아하고, 여러 사람과 부대끼기보다는 홀로 생활하는 것을 즐긴다. 이런 나는 혼자서 하는 일이 잘 맞았고, 그래서 첫 취업을 한 곳이 전화로 혼자 영업하는 데였는데, 지나고 나서 보면 내게는 적절한 선택이었다.

아마 내가 좀 더 일찍 세상과 화해를 했으면, 난 경제적인 자립을 더욱 빨리 이뤘을 것이다. 그러면 정서적으로 부모님으로부터 의존하는 시간도 빨리 벗어났을 것이다. 지금은 내 또래에 비해 난 인생의 속도가 많이 뒤처졌다.

훌륭한 정신과 의사인 스캇 펙 박사도 이야기하기를, 심리적 상처가 큰 사람들은 분노를 일찍 치유하면 좋다고 했다. 그런데 용서라는 것은 그렇게 쉬운 것이 아니라 했다. 그들은 자신의 망가진 모습을 부모님께 보여주며, 당신들 때문에 제가 이렇게 무너졌어요, 라는 분노를 드러낸다.

나 또한 모습을 달리 했지만, 심리적 퇴행이 위의 모습이 아닌가 생각한다. 그때의 난 세상을 용서할 마음이 전혀 없었다. 오히려 세상을 모두 뒤엎고 싶을 정도로 난 마음속으로 화가 나 있었다. 정신과 선생님은 '화가 난 아이는 어떻게 대해 줘야 할까요?'라고 상담 시간에 나에게 곧잘 질문해 주셨다.

정신분석의 창시자 프로이트는 우리가 일하고 사랑할 수 있을 때 건강하다고 했다. 그러니까 우리가 일에서 곤란함을 겪고 있다는 것은, 다른 말로 하면 심리적 위기에 처해 있다는 의미이다. 그들은 나처럼 마음에 어떤 분노를 품고 있을 것이다.

우리가 우울증을 앓거나, 분노를 품고 있거나, 번 아웃 증상에 시달릴 때 회사 생활에서 적절한 성취를 이뤄내지 못한다. 이때 이들이 관심을 둬야 할 것은 일 그 자체라기보다는, 나의 경우에서 알 수 있듯이, 본인의 마음 상처를 돌보는 일이다.

물론, 아침에 일어나서 하고 싶은 일을 하는 사람은 행복하다. 그러니까 자신의 기질과 적성에 잘 맞는 일을 찾아서 하는 것도 중요하다. 그런데 그런 일을 하는 사람은 마음이 어느 정도 안정된 상태에 놓여 있다는 것을 상기할 필요가 있다.

내가 다시 청춘으로 돌아간다면, 난 좀 더 일찍 나의 분노를 처리할 것이다. 그래서 인생의 속도가 많이 뒤처졌는데, 또래처럼 보편적인 삶을 추구할 것이다. 이것은 희망 사항일 뿐이지만, 그만큼 내겐 아쉬운 일이다. 그렇다고 내가 지금 삶의 모습을 후회하는 것은 아니다.

난 생각보다 굉장히 긍정적인 사람이란 것을 알게 됐다. 그리고 세상일은 장점이 있으면 단점도 있게 마련이다. 결혼만 해도 자신과 잘 어울리는 이성과 함께 살면 행복하겠지만, 거기에는 삶의 스트레스 또한 따라오기 마련인 것이 인생이다.

홀로 생활하길 좋아하는 걸 깨닫게 되어, 지금 혼자 사는 것에는 그다지 불만은 없다. 난 법정스님처럼 승려는 못 될 것 같지만, 홀로 속세에서 수행하며 사는 것에도 관심이 많다. 그만큼 난 혼자 있는 시간을 즐기는 사람이다.

좋은 이성과 만나게 된다면 나 또한, 연애하거나 결혼을 할 것이다. 그러나 아직 내가 하는 일이 안정이 안 되어 있으니, 불안한 마음은 크다. 청춘 때는 화려하고 돈을 많이 버는 일에 관심이 많이 갔지만, 이제는 내가 하는 일 그 자체에 충실하려고 한다.

법학 전공을 살려 법률가가 되었어도 좋았을 것

이다. 그때의 풋내기였던 나는 법학이 매우 매력이 없는 학문으로 생각했다. 그런데 나이가 들어 세상을 살펴보니, 의외로 법학은 세상일에 유용하게 쓰이기도 하고, 하는 일도 폭넓다는 것도 알게 되었다.

내가 후회하는 성격이 아니다 보니, 그쪽으로 직업을 가지지 못한 것에 아쉬움은 없다. 다만, 좀 더 일찍 사회생활을 했으면, 경제적 자립을 빨리 이뤘을 것이고, 세상의 속도에 맞춰 살게 되지 않았을까, 라는 생각은 해 보게 된다.

난 내가 성공 체험이 적기 때문에, 지금의 청춘에게 어떻게 살라는 말은 해 줄 게 없다. 다만, 사회생활은 좀 더 일찍 뛰어들어, 경제적 자립을 이뤄보는 것이 자신에게, 인생의 기회를 많이 줄 수 있다는 것은 알려줄 수 있겠다.

세상이 말하는 성공은 빨리 거쳐 지나가면 좋다. 내가 좋아하는 <두 번째 산>이란 책에서 말하는 것도, 그 과정을 완수했으면 좀 더 자신의 적성에

맞고, 스스로 헌신할 수 있는 방식으로 일을 하라
했다. 그리고 성공의 기준 또한 스스로 정립하라
했다.

세상을 살아가는 방법은 다양하다. 내가 존경했
던 구본형 선생님은 '자기답게 사는 것'이 성공의
기준으로 정해 두셨다. 나 또한, 나뭇가지를 치듯
이, 나답지 않은 모습을 버리고, 점점 나다워지는
것을 성공의 정의로 삼게 되었다.

자서전 VI. 사람

"우리의 삶은 사람과의

관계로 이루어져 있습니다."

- 신영복

1. 친구

그동안 사람과 가깝게 지내지 못했다. 부모님의 인간관계도 폭넓지 않고 좁긴 하셨다. 그 영향이 있어서인지 몰라도, 어린 시절부터 난 사람과 친하게 지내는 것에 서툴렀다. 회피성 불안정 애착에 속하기도 해서, 관계를 피하는 게 더 편했다.

초등학교 6학년 때 1년 동안 축구부 단체 활동을 한 경험이 있었는데, 이때에도 친구들과 가깝게 지내지 못했다. 그저 같이 축구 연습하고, 야유회 같은 데서 노는 게 다였다. 그것도 난 머리를 다쳐서 그런지 수줍음이 많은 소년 시절을 보낸 것 같다.

청소년 때에는 조금 활발해져서 친구들과 축구며 농구를 같이 하며 친하게 보냈다. 중학교 때 가장 활동성이 많았다. 내가 먼저 친구들을 부르러 가기도 하고, 함께 자주 어울렸다. 그러고 보니 초등학교 고학년 때도 동네 형들과는 잘 놀았다.

중학교 때 다른 동네로 이사하고, 사춘기가 시작되면서 나의 수줍음은 본격적으로 드러나기 시작했다. 초등학교 때부터도 그랬지만, 난 여자아이들과 거의 말을 나눠본 기억이 없다. 그만큼 어려서부터 난 숙맥이었고, 부끄럼을 많이 타는 남자였다.

고등학교 2학년 때부터는 학교에서 거의 외롭게 지냈다. 이때부터 대략 15년 동안 난 가깝게 지낸 친구가 없다. 그저 얼굴을 알고 지낸 친구들이지, 친하게 지낸 친구는 거의 없었다. 소풍과 수학여행을 가서도 거의 혼자 돌아다녔다.

중학교 때 친하게 지내던 친구들과는 다른 반이 되면서 저절로 멀어졌다. 이것은 왜 그런지 모르겠는데, 난 다른 반에 들어가는 게 끔찍하게도 싫었다. 아마, 가발을 쓰고 있어서 낯선 환경을 매우 두려워하는 경향이 이때부터 나타났던 것 같다.

다행히 대학에 입학하고 나서는 적당히 친하게

지내는 친구들이 생겼다. 한 친구와는 싸우게 되면서 멀어졌고, 또 한 친구는 성격이 유별나 내가 거리를 뒀다. 성격이 좋은 친구도 있었는데, 내가 방황하는 시절 챙기지 못해 자연히 멀어지게 됐다.

학교 사법 고시반에 들어가 학과 선배들을 알게 된 게 그나마 내가 대학 때, 사람들과 가깝게 지낸 유일한 시기였다. 그 외에는 가끔 밥 먹고 이야기 나누는 형이 있었고, 졸업하고도 가깝게 지낸 형이 유일하게 한 명 남았다.

결국, 대학 때도 난 친한 친구 한 명 남기지 못한 것이다. 이때 채팅을 매우 많이 했는데, 나의 본모습을 숨긴다는 창피함이 있어, 사람들과 더 가까워지지 못했다. 다행히 위에 언급한 한 명의 형은 졸업 후에도 연락하며 지금까지 알고 지내고 있다.

이렇게 살아와서 그런지 대학 때부터 대인공포증이 자연히 나타나게 되었던 것 같다. 발표 불안은 당연히 있었고, 강의실에 수업을 들어갈 때 많이 낯설기도 했다. 이것이 적절한 때 치료가 되었으면 좋았을 텐데, 그때의 난 어떻게 해야 하는지 모르고 살았다.

32살에 첫 취업을 하고, 회사에서 좋은 선배 한 분을 만나면서 15년 동안 가깝게 지낸 사람이 없던 공백이 깨어졌다. 선배는 처음부터 나의 혼란한 이야기들을 잘 들어 주었다. 성격도 비슷해서 지금까지 무척 가깝게 지내고 있다.

여름 휴가 때는 해외여행도 몇 번 같이 가고, 대략 12년이란 시간을 함께 보냈는데, 그 시기를 질적으로 따지면 더 오랜 시간을 같이 놀 듯 그렇게 회사 생활을 했다. 현재도 회사에서 유일한 나의 말벗이기도 하고, 내가 따르는 몇 안 되는 분이다.

그리고 8년 전에 교회를 나가게 되면서, 좋은 사람들을 많이 만났다. 형이나 누나들이 편했다. 동갑도 있어서 친하게 지내긴 했지만, 모두 여자아이들이었다. 지금은 교회를 나가지 않아, 각자 생활하고 있어 연락을 못하고 있지만, 그때는 매우 가깝게 지냈다.

이것이 내 인간관계의 거의 전부인 모습이다. 우연찮은 기회에 변화경영전문가 구본형 선생님의 커뮤니티에 속할 기회가 있었는데, 나의 고집 센 성격 때문에 그곳에 적응하지 못했다. 당시 구본형 선생님으로부터 많은 사랑을 받은 기억은 갖고 있다.

2. 동료

구본형 변화경영연구소란 커뮤니티에 소속되어 활동했으면, 나에게도 많은 친구 같은 동료 혹은 스승 같은 동료들이 많이 생겼을 것이다. 그런데 안타깝게도 나의 운명은 그 길로 나를 인도하지 않았다. 그래서 난 동료가 거의 없다시피 하다.

현재 유일한 동료는 회사에서 함께 일하는 선배가 유일하다. 동호회 모임도 몇 개월 하면 그만두게 되는 경향이 반복되었다. 산책이나 문화 동호회 활동을 해도 그렇고, 내가 좋아하는 독서 모임을 해도 오랜 시간을 참여하지 못했다.

<사람에게서 구하라>라는 책을 쓸 정도로, 구본형 선생님은 사람이 살아가는 데 사람의 중요성을 인식하셨고, 또한 강조했다. '사람, 역시 사람을 얻어야 한다.'라고도 말하셨는데, 선생님은 항상 어떤 장면에 사람을 꼭 넣어 두고 함께 하셨다.

난 외곬에 괴벽스런 성격이라 사람들과 함께 하는 게 딱히 편하지는 않았다. 법정스님이 대표적인데, 스님은 여럿이 어울려 조화롭게 수행하는 사람이 아니셨다. 홀로 지내며 수행할 때 가장 편안하고 자유롭고 자신다워진다고 했다.

아마 나도 법정스님과 같은 유형의 사람인 것 같다. 그렇다고 법정스님이 사람들로부터 고립되지는 않았다. 많은 사람을 마음속으로 받아들이고, 함께 나누는 생활도 하셨다. 대표적인 것이 맑고 향기롭게 모임을 발족하신 것이다.

우리 같은 성격을 가진 사람들은 고독을 좋아하는 것 같다. 홀로 있을 때 가장 편안하고 자유롭기 때문이다. 법정스님이 어느 모임이 늦게 끝났는데, 모든 사람의 만류에도 강원도 오두막으로 길을 떠날 때 든 생각이, 그곳에 가면 자신을 만날 수 있기 때문이라고 했다.

법정스님도 자주 강조하였듯이, 길을 가는데 어진 벗을 만나지 못했거든, 차라리 홀로 갈 것이지

길동무를 만들지 말라고 했다. 즉 무소의 뿔처럼 혼자서 가라는 것이다. 스님은 수행자이기에 그 경향이 더 짙었지만, 나 또한 홀로 갈 때 가장 나다운 것 같다.

일하는 회사에서 동료들을 못 사귀니, 인간관계가 별로 넓어지지 못하는 것 같다. 나는 청춘 때 유별난 방황을 했는데, 그 여파로 사람을 가까이 못하게 된 듯하다. 지금 하는 일도 혼자 전화하는 일이라서 활발한 교류 또한 하지 않고 있다.

또한, 상담심리대학원에서 심리상담가의 길을 준비할 때도, 난 딱히 마음을 나눌 동기를 찾지 못했다. 내가 지금 그 길을 걷고 있지도 못하지만, 어쨌든 친해지지 못했다. 이것이 현재 나의 대인관계의 성격을 결정짓고 있고, 난 사람들로부터 거리감 있게 지내고 있다.

그나마 교회를 나가게 되면, 가깝고 친하게 지낼 사람이 생길 것 같다. 그런데 형식적인 교회의 모습은 나를 실망시킨다. 곧 교회에 다시 나갈 생각이지만, 예전 청년부 활동을 할 때만큼 사람들과 가깝게 지낼 수 있을지는 미지수인 것 같다.

책 읽기를 좋아하고, 글쓰기를 즐기니 독서 모임이나 글쓰기 활동이 나에게 잘 맞을 것 같다. 그래서 관련 분야에서 활동하며 가깝게 지낼 수 있는 사람을 만나도 될 것 같은데, 형식적인 교육 과정을 좋아하지 않는 나는 아직 실행으로 옮기지 못하고 있다.

친구이자 스승일 수 있는 동료 관계가 가장 좋을 것이다. 그런 사람 한 명만 있어도 우리는 이 세상을 살아갈 만하다. 공자도 '덕불고 필유린'이라 하여, 덕이 있는 사람은 반드시 이웃이 있다 했으니, 나의 마음을 다시 착하게 해야겠다.

신영복 교수님은 생전에 이런 말을 남기셨다. "마음 좋다는 것은 마음이 착하다는 뜻입니다. 착하다는 것은 다른 사람을 배려할 줄 안다는 뜻입니다. 배려한다는 것은 그 사람과 자기가 맺고 있는 관계를 소중히 여기는 것입니다."

변화경영사상가 구본형 선생님도 좋은 남자의 첫째이자 절대적인 기준으로 '착한 남자'를 꼽으셨다. 그것은 자신의 행동이 적절했는지 되돌아볼 줄 아는 능력을 지녔다, 함을 의미했다. 착한 남자는 자신의 마음을 배반하지 않는다. 그래서 진실될 수 있다.

나는 아직 부족하여 좋은 동료를 못 만났으니, 나의 마음이라도 적절히 수양해 나가야겠다. 그러다 보면 나에게도 잘 어울리는 스승 같기도 하고, 친구 같기도 한 동료를 만날 수 있겠다, 는 생각이 든다. 내가 먼저 좋은 동료가 될 수 있어야겠다.

3. 스승

나는 부족함이 많은 사람인지, 훌륭한 사람들을 만나면 곧잘 우상화하게 되었다. 이 버릇이 이제 조금 나아지긴 했지만, 여전히 훌륭한 인생을 산 분들을 보면 우상화에 빠진다. 아직 난 극단적으로 생각하는 버릇이 있어서 그렇기도 할 것이다.

내가 인생에 스승으로 삼고 있는 분들은 많다. 작년에 출간한 <무릎 치며 읽은 책>에 보면 내 마음에 들어온 책 40권이 실려 있다. 난 거기 수록된 다수의 작가를 좋아한다. 그리고 그 책들을 자주 꺼내어 읽어보기도 한다. 그 외에도 좋아하는 분들이 많다.

대표적으로 정호승 시인이 난 끌린다. 이분의 시집을 읽고 있으며 내 마음과 같게 느껴진다. 그만큼 시인이 공감을 불러일으킨다는 의미겠다. 사랑하다 우리는 분노하고, 용서를 구하는 마음을 갖게 된다. 이런 마음들을 정호승 시인은 잘 나타낸다.

정호승 시인 덕분에 알게 된 분이 마더 테레사 수녀님이다. 그의 시 '후회'라는 것을 보면 마더 테레사가 돌아가셨을 때의 마음을 우리는 잘 알게 된다. 마더 테레사 덕분에 추악한 인간인 우리는, 사람으로서 순수성과 자존을 잃지 않을 수 있었다.

난 왜 그런지 모르겠는데 수행자들에게 마음이 잘 끌린다. 대표적으로 법정스님이 자리하고 있고, 마더 테레사 수녀님도 마음속에 담고 있다. 훌륭한 설교를 하신 목사님들의 이야기에도 귀가 솔깃하는 것을 보면 나 또한 수행자의 피가 흐르는 게 아닌가 하는 생각이 든다.

철학자 니체가 대략 이런 말을 남겼다. '영원히 스승의 빛에 가려진 제자는 결국 스승을 욕보이게 한다.' 그러니까 훌륭한 제자라면 스승을 넘어설 수 있어야 한다. 나 또한, 훌륭한 분들을 마음속에 많이 담아두고 있는데, 언젠가는 넘어서야 할 존재들이다.

난 대표적으로 변화경영사상가 구본형 선생님에 대한 존경이 심했다. 물론 한때 정신을 잃어, 그리고 고집 센 성격 때문에 그분을 스승으로 삼지 못했지만 아직까지도 내 마음과 영혼에 메아리를 울리고 있는 분이다. 난 이분을 넘어서지 못할 정도로 훌륭한 분이다.

내가 배운 사람과 스승에 대한 도리는 대부분 구본형 선생님으로부터 깨닫게 된 내용들이다. 선생님은 그만큼 열심히 공부하고 연구한 분이셨고, 그것을 자신의 삶에 체득시키셨다. 즉 아는 것과 행동하는 것이 일치되는 분이라, 매우 두려우며 존경스러웠다.

실제 내가 만나고 있는 스승은 나의 정신과 전문의 선생님이다. 이분 외에는 현실에서 훌륭한 분을 많이 뵈지 못했다. 선생님은 나의 상담가이시기에 스승이라 부르기에는 한계가 있지만, 그만큼 내가 따르고 배울 게 많은 분으로 생각하고 있다.

인생을 살아가다 보면 스승을 딱히 사람으로 한정 짓기도 좀 그렇다. 배우려는 사람에게는 세상 만물이 스승으로 다가올 것이다. '사람이 준비되면 위대한 일이 일어나고, 제자가 준비되면 위대한 스승이 나타난다.'라고 했듯이, 마음을 숙일 수 있는 사람에게는 스승이 나타날 것이다.

훌륭한 인물 중에서도 요즘의 내가 가장 마음이 많이 가는 분이 법정스님이다. 그분의 책을 보고 있으면, 나 또한 인생을 진짜로 사는 것 같고, 가장 내 마음이 편안하고 자유롭다. 그분의 넉넉하면서도 철저한 수행자로서 삶의 모습이 내게 귀감이 될 때가 많다.

난 요즘 법정스님에게서 가장 많이 배운다. 몇 년 전부터 대학 도서관에 가면 그분의 책을 항상 먼저 가져다 읽고 난 후, 다른 책을 읽곤 했다. 그만큼 스님의 글은 나의 마음과 영혼을 맑게 해 주었고, 욕심을 거두고 만족하는 마음을 갖게 했다.

'욕심이 없으면 모든 것이 넉넉하고, 구하는 바 있으면 만사가 궁하다.' 이 말에서 난 많은 치유를 얻었다. 스님은 수행자로서 타고나신 분 같다. 그리고 글도 철두철미하게 쓰셔서, 어느 한 부분도 놓칠 내용이 없다. 그만큼 성실하게 사신 분이다.

나뿐만이 아니라 많은 사람이 법정스님을 좋아한다. 그 이유는 스스로 실천하는 삶을 글로 쓰셨기에 그럴 것이다. 그리고 스님은 인간다운 삶을 중시했다. 자연을 사랑했고, 환경 보호론자셨다. 스스로 낮추고, 엄격했기에 스님은 대중의 마음을 어루만지셨다.

4. 가족

우리 집은 다섯 가족이다. 아버지는 선량한 마음을 내게 물려 주셨다. 한때는 알코올 중독자나 가정에 충실한 분이 못 되셔서, 사고를 많이 일으키셨지만 우리 남매를 마음속으로 깊이 사랑하셨다. 그래서 한 번도 우리를 벌하지 않으셨다.

요즘의 아버지를 보면 할머니가 떠오른다. 할머니는 성격이 그렇게도 좋은 분이셨다. 어디서나 만나는 사람이면 모두 할머니의 친구가 되셨다. 아버지도 할머니만큼은 아니지만, 성격이 편안하고 좋으시다. 난 아마 아버지의 이런 긍정적인 성격 또한 물려받은 것 같다.

지금은 나이를 많이 드셔서 활동성이 떨어지시지만, 얼굴을 보면 아버지의 넉넉함을 알 수 있다. 법정스님이 얼의 꼴이 얼굴이라 하셨을 정도로, 아버지의 얼굴에는 인생이 담겨 있는 게 느껴진다. 산업재해 환자로서 오랜 시간의 굴곡진 삶을 살아오신 게 나타난다.

어머니는 매우 성실한 분이셨다. 아마 이 점을 내가 어머니로부터 물려받지 않았나 싶다. 어머니 말로는 어릴 적부터 부지런히 살 수밖에 없는 환경이셨다고 했다. 초등학교에 갔다 오면 집을 모두 정리해 놓고, 공부를 시작하셨다 했다.

난 태어나서 어머니와 한 번도 다툰 적이 없었다. 물론 어려서는 집에 늦게 들어오고, 사고도 쳐서 혼나기야 했지만 싸운 적은 없었다. 그런데 14년 전에 갑자기 서울에 함께 살자고 오셨을 때의 난 충격이 컸고, 분노감을 느꼈다. 한 번도 부모님에게 서운함을 느끼지 않았던 나였다.

이제는 당시 어머니의 삶과 마음이 이해가 된다. 아버지의 무절제하고 충동적인 행동으로 어머니가 그만큼 홀로 감내하기에는 힘드셨을 것이다. 그래서 자녀들과 함께 살고 싶은 마음도 있으셨고, 위로도 받고 싶어 서울에 오셨을 것이다. 연세도 어느덧 많아지셨고 말이다.

이제 어머니의 연세가 느껴지는 요즘이다. 난 심리적으로 매우 퇴행 돼 있어, 어머니에게 자주 전화를 걸어 심한 의존 증세를 보였다. 그런 나를 어머니는 계속 받아주셨다. 아마 부모님의 마음이었기에 그런 행동이 가능했을 것이다. 이 점을 난 매우 감사하게 생각한다.

한때 정신을 잃었을 때는, 부모님에 관해서 안 좋은 점만 생각했다. 특히 난 어머니에 대해서 안 좋은 감정을 품었다. 이제는 모두 마음에서 분노가 사라졌고, 용서의 마음을 갖게 됐다. 그런데 때가 되었는지 부모님의 장점이 내 눈에 띄기 시작했다.

나의 안 좋은 성격 특성도 모두 부모님의 단점에서 물려받은 것 같고, 좋은 면도 모두 부모님에게 영향을 많이 받았다. 난 선량한 마음을 품고 살아가는 사람이고, 한때는 성실하기도 했다. 선량함과 성실함만 갖추고 있으면 서민으로서 한국에서 인생을 살만하다.

누나는 활동적이고 부드러운 성격을 지녔다. 결혼을 일찍 해 조카들이 벌써 20대를 넘었다. 동생들에게 특히 다정하게 잘해 주는 누나이자 언니이다. 난 아직 결혼을 안 해 봐서 모르겠는데, 누나는 출가외인의 생활을 한다. 부모님과의 적절한 거리가 누나에게는 좋기도 할 것이다.

여동생은 특히 나와 많은 시간을 함께 보냈다. 그래서 누나보다는 더 가깝게 느껴진다. 실제로 자주 만나고 지내다 보니 더 친하다. 스스럼없는 오빠와 여동생 사이이고, 나에게 어머니 다음으로 편안하게 느껴지는 가족이다.

부모님은 다행히 여동생 집에 살다가 이사를 해, 옆 공공임대아파트에서 산다. 여동생은 뇌성마비 장애가 있지만, 혼자 살고 싶어 하는 마음이 컸기에 요즘 독립하고 씩씩하게 잘 산다. 물론 어머니의 도움도 있지만, 장애인 활동지원사의 보조 또한 있다.

아버지는 요즘 활동성이 부쩍 떨어지셨다. 기저질환이 있기도 하시지만, 코로나 핑계로 집에서 나오려고 하시질 않는다. 어머니는 그런 아버지를 돌보며, 자녀 또한 돌보며 살아가고 계신다. 여전히 나는 정서적 독립을 완벽히 이루지 못했다.

아직 내가 결혼을 하지 않아, 원 가족에게 의존을 많이 하는 느낌이다. 마흔세 살의 나이인데, 연애도 하지 않고 결혼하지도 않았으니, 의지할 데가 없기도 한 것 같다. 더구나 친구도 많지 않은 편이라 원 가족과 가깝게 지내고 있는 모습이다.

청춘을 다시 산다면 6

: 사람, 역시 사람이 인간을 살아가게끔 한다

지난 내 인생을 돌아보면 외톨이로서 살아온 시간이었다. 프리츠 리만의 <불안의 심리>라는 책에 보면 나와 비슷한 인물이 등장한다. 그는 고독 속에서 마치 혼자서 살아가는 사람처럼 보인다. 그의 곁에는 아무도 없는 느낌이다.

그가 그렇게 된 데에는 먼저 어려서 가정환경이나 양육이 영향을 크게 끼쳤을 것이다. 그런데 우리가 20살이 넘은 성인이 되면, 자신의 성격과 삶은 스스로 관리를 해야 한다고 나는 생각한다. 나 또한 어리석은 결정을 많이 내려 고독하게 지내고 있다.

먼저 나의 경우에는 고등학교 때 신경증 증상이 나타났는데, 그때 치료를 받았으면 나의 대인관계 폭이 지금처럼 좁지 않을 것이다. 대학 때도 대인공포증이란 증상이 보였는데, 그때에도 난 용기를

내어 치료에 참여하지 못했다. 이 점이 나를 뼈아
프게 한다.

만약 그때 심리치료에 참여했으면 나의 성격은
지금보다 더욱 유연하고, 사회에 적응을 잘하는
사람이 되었을 것이다. 지금에 와서 이것을 탓할
생각은 전혀 없다. 다만, 나와 비슷한 환경에서 자
랐거나 지금 외톨이처럼 지내고 있는 젊은이가 있
다면, 치료에 일찍 뛰어들기를 권하고 싶다.

난 20대 때 열등감이 매우 심했고, 가정의 경제
적 상황도 불안정해 그 시기를 온통 나를 계발하
는 데 시간을 쏟았다. 지금 돌아보면 불안이 심하
고, 강박적이기까지 했는데 그때의 나는 그럴 수
밖에 없었다. 그것이 매우 절박했기 때문이다.

다행히 난 20대 중반부터 책을 좋아하기 시작하
면서 생활의 변화를 꿈꾸기 시작했다. 그때 변화
경영전문가 구본형 선생님의 홈페이지를 자주 방
문했다. 그곳에서 나는 사람을 따뜻하게 품으면서
도, 지적으로 살아가시는 훌륭한 사람의 모습을

발견했다.

당시의 내겐 엄청난 충격이었고, 존경스러움이 가득 찼었다. 그래서 나 또한 그런 사람이 되고 싶다는 열망을 품었던 것 같다. 실제의 난 마음이 좁은 사람이었지만, 훌륭한 분의 모습에서 모범을 보았고, 영감을 얻었다. 하지만 인생은 나를 그쪽으로 인도하지 않았다.

요즘 생각해 보게 되는 것이, 다 된 일이 어찌하여 방향을 틀고 그리되었을까? 라는 의문을 품게 된다. 그때 만약 구본형 선생님의 제자가 되었으면 내 인생은 어떻게 펼쳐지게 되었을까? 난 과거를 후회하는 성격이 아니라, 이 이상의 상상은 하지 않는다.

나에게는 내게 예비 된 인생의 길이 있을 것이다. 아마 종교를 믿으며 살아가야 할 운명임을 조금 느끼고 있고, 실제로는 그렇지 못하더라도 마음속으로는 세상을 너그럽게 품으며 살아가야 할 사람임을 조금씩 느끼고 있기도 하다.

난 법정스님처럼 홀로 살아가는 것을 즐기는 편이라, 실제로 많은 사람과 교류하며 살아가지는 못할 것이다. 그래도 한 사회 속에서 살아가는 것이면, 사람과의 만남은 이뤄질 것이다. 난 마음을 닫지 않고, 세상을 향해 열린 마음을 유지하고 싶다.

나의 오랜 외톨이 삶에서 난 사람의 소외와 고독 그리고 공허를 많이 느꼈다. 그것은 인간의 온전한 모습이 아닌 듯했다. 톨스토이의 말마따나, 좋은 가정은 모두 비슷하고 그렇지 않은 가정은 모두 따로 논다. 나는 보다 온정적인 사람이 될 것이다.

사람이 혼자서만 살아갈 수는 없다. 사회 속에서 사람은 그렇게 흘러가지 않기 때문이다. 내 경험에 의해서도 사람은 상처를 받을수록 마음의 문을 닫고 차가워진다. 반대로 사랑을 많이 받으면 마음의 문이 열리고, 마음 또한 따뜻해지는 것 같다.

난 세상에 사랑을 많이 베푸는 사람이 되고 싶다. 내가 사랑을 많이 받아서 그런 것이 아니라, 인간에 대한 애정이 내 마음에 있기 때문일 것이다. 그리고 실제로 구본형 선생님이나 부모님 혹은 정신과 선생님에게 사랑을 충분히 받은 경험이 있기도 하다.

사람에게 가까이 다가가며 사랑을 주는 데는 여전히 낯설어할 것이다. 법정스님 또한 홀로 사시면서 사람을 많이 사랑하신 모습을 보여 주셨다. 나도 그런 인생을 추구한다. 사람이 사람을 살게 한다는 것을 훌륭한 분들의 삶에서 엿볼 수 있었다.

한때 세상으로부터 크게 상처를 입어, 세상을 모두 뒤엎고 싶었고, 아주 냉혈한 사람이 되고 싶기도 했으나, 결국 그 길은 나에게 맞지 않다, 는 사실을 알게 되었다. 난 외로운 인생을 살아온 사람이고, 나와 같은 사람들의 마음이 잘 느껴지기도 한다.

내가 만약 심리상담가의 길을 갔으면 실제로 세상과 사람을 마음속으로 품었을 것이다. 그런데 난 심리상담가의 마음을 아직 갖고 있지 못하다는 판단을 내렸다. 스캇 펙 박사는 '당신이 치료자가 될 수 있을 때' 심리상담이 끝날 수 있다고 했다.

언제일지 모르겠지만, 난 심리치료 과정을 포기하지 않을 것이다. 결국, 난 치유될 것이다. 내가 심리상담가가 되느냐 그렇지 않느냐는 중요하지 않다. 다만, 내가 세상과 사람에게서 고개를 돌리지 않는 사람이 되길 희망하고, 또 사랑을 주는 사람이길 바란다.

난 한때 구본형 선생님으로부터 따뜻한 관계를 이루는 것을 본 적이 있다. 물론 대부분은 홈페이지상에서 이뤄지는 장면이었다. 그 모습을 목격하지 않았으면 모르겠지만, 모범을 본 이상 난 포기하지 않을 것 같다. 사람의 희망은 사람에게 있다. 이것이 우리가 사람인 이유이다.

맹자가 독서에 관해 말하길 '잃어버린 사람의 마

음을 찾는 일'이라 했다. 그러니까 우리는 태어날 때 사람의 착한 마음을 타고난다는 것이다. 그것을 살다 보며 상처받고, 경쟁에 치이며 잊게 된다. 그럴 때 훌륭한 분들로부터 사랑을 받게 되면 우리의 마음은 다시 훈김이 돈다.

아직 종교를 깊이 믿지 않지만, 영성에서 가르치는 것도 인간에 대한 사랑인 것 같다. 사람이 사람을 살아가게끔 한다. 나는 마음이 좁은 사람이지만, 훌륭한 분들로부터 그분들이 살아가는 모습을 보았기에 끝까지 포기하지 않을 생각이다. 즉 사람을 마음에 품을 것이다.

자서전 Ⅶ. 성장

"시간을 자신에게 투자하는 것은
가장 안전한 방법이다."

- 구본형

1. 창작

책 읽기를 좋아하다 보니, 자연히 글쓰기 또한 즐기게 되었다. 내 안에 들어온 생각을 표현해 보는 것은 가장 잘 배우는 방식의 하나이다. 공자가 사랑했던 제자 안회를 평하여 말하길 '묵식심융'이라 했다. 묵묵히 배워 마음속에 녹여둔다는 것이다.

그렇게 마음속에 쌓아두면 언젠가는 창작 과정에서 글로 표현되기 마련이다. 이것이 예부터 동양의 공부 방식이었다. 우리의 선인들은 시를 쓰고 그림을 그리는 것이 특별한 활동이 아니었다. 그것은 삶을 살아가는 자연스러운 모습이었다.

<뼛속까지 내려가서 써라>의 저자 나탈리 골드비그는 글 쓰는 사람들은 자신의 강박 관념에 관해 쓸 수밖에 없다고 했다. 그러니까 자기의 삶 속에서 자신을 괴롭히는 문제나 자주 생각하는 것에 관해 자연스럽게 접근해 풀이해 나간다는 것이

다.

나 또한 자기치유 및 자아성장에 관해 생각해
보길 좋아한다. 그리고 행복하게 살아가는 것에
관심이 많으므로 이것에 관해서도 즐겨 쓴다. 나
는 아직 마음의 상처로부터 치유해 나가야 할 것
이 많고, 또한 스스로 불행했다고 여기기에 건강
한 삶에 관심이 많다.

사람이 인생을 살아가는 법을 배우는 방식은 모
두 다르다. 누군가는 몸으로 직접 부닥치며 배우
고, 또 누군가는 나처럼 책을 통해 홀로 배우기도
할 것이다. 나의 경우에는 책으로부터 배우는 게
많았다. 한때는 나의 고통에 관한 치료제로 책을
여기기도 했다.

글쓰기를 통한 배움은 자연스럽게 형성되었다.
난 글을 즐겨 쓰는 사람이 아니었는데, 그저 좋아
하는 책을 읽고, 밑줄 친 내용을 옮겨 적기를 했
다. 그러다 사람들의 고민에 답을 해 주며 글쓰기
를 하게 된 것 같다. 그때는 책을 옮겨 적는 글쓰

기였다.

그러다 때가 됐는지 내 안에 답답함을 토해내는 글을 한동안 썼다. 그때는 정신이 온전하지 않았는데, 글쓰기가 그나마 고통에서 벗어나 스트레스를 없애 준 것 같았다. 그렇게 내 생각을 마구 쏟아내다 보니 어느덧 글쓰기는 나에게 가장 친근한 취미이자 특기가 됐다.

7년 전부터는 내 이름을 건 연구소를 온라인에 만들어 본격적인 글쓰기를 했다. 사람들이 상처와 후회를 벗어나 행복한 삶을 살아가는 것을 돕는 글을 쓰고 싶었다. 그런데 처음에는 생각처럼 잘 되지 않았고, 사람들로부터 욕을 많이 먹었다. 내가 그만큼 개성이 강했기 때문일 것이다.

시간이 흐르고 내 안에 분노도 많이 치유되어서 그런지 요즘은 그나마 부드러운 글쓰기가 된다. 여전히 내 주장이 강한 글을 쓰지만, 균형을 잡아가려고 노력하고 있다. 나이가 들어가면서 동양에서 중요하게 여기는 모순의 통합을 추구하고 있기도 하고 말이다.

요즘은 행복에 관한 주제를 정하고 글쓰기를 많이 한다. 아마 법정스님의 책을 많이 읽으면서 그렇게 되는 것 같다. 난 마음이 바쁜 사람인데, 스님의 책을 읽으면 일상의 고요를 글에 담고 싶어진다. 그리고 더욱 단순한 삶에 관심이 많이 간다.

난 아직 규칙적으로 글쓰기를 하고 있지는 못하다. 게으른 사람이기도 하고, 회사를 나가니 시간을 몰아서 쓰지 못하고 있다. 다만, 살아가다 보면 내 마음에 잔상이 남는 때가 있다. 그때 칼럼이나 단상 형식으로 글쓰기를 즐긴다.

글을 잘 쓰는 사람들을 보면, 그분들의 삶이 먼저 빛난다. 그러니까 인생 자체를 잘 살아간다는 것이다. 글은 곧 글쓴이의 삶이 투영되어 나오는 것 같다. 나의 하루를 먼저 아름답게 살아야 하는 이유이다. 아직 나는 하루의 변화를 이끌어내지는 못했다.

다만, 요즘 마음의 욕심을 줄이며 지금 이 순간을 살아가는 것 자체에 만족한다. 우리가 무슨 일을 하느냐는 덜 중요하다. 그 일을 어떻게 하느냐가 더 소중하다. 자신이 맡은 일에 최선을 다하다 보면, 언젠가 자기의 소명을 찾게 되는 것이 인생이다.

나 또한 글쓰기에 그렇게 욕심을 부리지 않을 생각이다. 난 우선 내 삶 자체를 잘 살고 싶다. 그것이 인생에서 우선이기 때문이다. 글을 못 쓰게 되더라도 상관이 없는 것이다. 삶을 잘 살아가면 그것으로 충분한 것이 인생이기 때문이다.

2. 관점

가치관은 우리가 살아가면서 매 순간 선택을 내려야 할 때 중요하게 작용한다. '선택의 누적분이 곧 당신이다.'라는 말도 있듯이, 우리는 스스로 신중히 고려해 선택한 것의 총합이다. 그러면 잘 선택한다는 것은 어떤 것일까?

요즘 내가 생각하는 것은 자신이 원하는 대로 살 때 우리가 행복하다는 것이다. 그런데 다수의 사람은 자신이 언제, 무엇을 원하는지 잘 모른다. 행복에 도달하려면 자신에 관한 공부를 먼저 해야 한다고 했다.

마찬가지로 세계관 또한 우리 삶에 무척 중요하다. 이것은 어려서 가정에서 양육되며 형성되기 시작한다. 내가 좋아하는 정신과 의사 스캇 펙 박사는, 사람들은 가정에서 부모의 역할을 간과하고 있다고 말했다.

가정은 우리가 절제를 배우고, 규칙적인 태도를 익히며, 사랑을 주고받는 곳이다. 한 사람의 세계관과 인격 형성에서 가정은 그만큼 중요한 곳이다. 현대 들어, 가정의 기능이 약화하고 있다. 이것은 사람들의 정신 건강에 문제가 될 수 있는 것을 의미한다.

나는 어려서부터 매우 긍정적인 사람이었다. 그런데 성인이 되어 알고 보니, 역기능 가정에서 자란 아이들이 나처럼 행동한다는 것을 깨달았다. 보통 성인 아이 증후군이라고 하는데, 이 아이들은 부모를 구해야 한다는 지나친 죄책감과 양심을 갖고 성장한다.

그러니까 이런 아이들은 어려서부터 자신을 억압하는 것에 익숙하다. 이들은 착한 게 아니라, 참는 것이었다. 한국에서는 이런 아이들을 별문제가 없는 얌전한 사람으로 인식하기 일쑤다. 이것은 남이 깨어 줄 수 없고, 성인이 되어 자신이 그 문제를 파악해야 한다.

나의 경우에는 처절한 과정을 거칠 수밖에 없었다. 난 내가 그냥 긍정적인 사람이라고 생각하고 살았다. 그런데 어머니와의 부딪힘이 생긴 후에, 나는 세상 전부를 부정적으로만 인식하게 됐다. 세상 모두가 나쁘게만 보이고, 나를 공격하는 것만 같았다.

지나친 피해의식이었고, 깊은 우울증을 앓는 시기였다. 특히, 나와 같은 성격 유형을 지닌 사람들은 일생에서 한두 번 정도 '밤바다 항해'라고 불리는 깊은 좌절의 시기를 겪는다고 한다. 이때 이들은 사회로부터 철저히 벗어나는 게 오히려 도움이 된다고 했다.

나도 나락으로 떨어졌을 때 세상으로부터 떨어져 혼자 있었다. 그랬더니 치유가 되었는지 점차 정신적 건강이 회복되었다. 이때 난 다행히 심리치료를 받고 있기도 했다. 이제 때가 되었는지 부정적인 감정은 많이 사라지고, 다시 세상을 긍정하기 시작하게 됐다.

많은 책에서 봐도 우리는 살아가면서 한 번은 우울의 강을 건너와야 한다는 이야기가 있다. 처음부터 건강한 사람은 물론 운이 좋은 경우이다. 그런데 많은 사람은 부정의 단계를 거치고 난 후, 그러니까 힘든 좌절을 겪은 후에, 철이 들거나 세상을 긍정하게 된다.

난 30대에도 방황을 심하게 했는데, 이때에는 자유로운 작가들의 글에 많이 빠져 있었다. 그들의 글이 나를 해방해주는 느낌이 컸다. 물론 이들을 알게 되면서 좋은 점도 많이 생겼지만, 나의 경우에는 단점이 더 많았고, 나쁜 영향을 더 받았다는 걸 뒤늦게 알게 된다.

우리는 처음부터 큰길을 걷기 힘들다. 그러니까 바른길이나 자신이 가야 할 길을 걷지 못한다는 것이다. 이것도 운이 좋은 사람들의 경우에는 처음부터 가능하겠지만 그들은 소수이다. 다수의 사람은 잘못된 길도 거치고, 방황도 하면서 자신의 길에 들어서는 것 같다.

나 또한 세상을 부정적으로 투사한 시기가 많았는데, 다행히 좋은 정신과 선생님과 상담을 받으며 살아왔기에 내 안의 긍정성을 되살릴 수 있었다. 세상은 자신이 경험하고 아는 만큼만 보이는 법이다. 난 이제 표독한 삶이 아니라, 온화한 인생에 관심이 많이 간다.

우리의 가치관과 세계관이 이처럼 중요하다. 이것은 한 사람의 행동을 넘어, 선택 그리고 방향을 설정하는 데 결정적인 영향을 끼친다. 우리에게 훌륭한 스승이 있으면 좋은 이유가 고민하고 갈등할 때 그분들이 길을 열어 주기 때문이다. 물론 우리 스스로 묻고 답하지만 말이다.

3. 마음

우리는 혼자서 성장해 나갈 수 있다. 세상에는 좋은 책도 많고, 훌륭한 사람들도 많기 때문이다. 그런데 내 경험으로 볼 때 그것도 좋은 방법이지만, 인생에는 지름길도 있는 것 같다. 마음이 힘들 때는 심리전문가의 도움을 받으면 좋다고 생각한다.

이것은 나만의 생각이 아니라 스캇 펙 박사에 의해서도 이야기되어 왔다. 우리는 심리치료를 받을 돈과 시간이 없어서가 아니라 자신을 내보일 용기가 없기 때문에 상담을 받지 않는다는 것이다. 내 주변을 살펴봐도 생각보다 사람들은 심리상담을 받으려 하지 않는다.

그들은 때로 문제가 있어 보이기도 하고, 적절한 때 도움을 받으면 좋을 텐데, 사람들은 상담가에게 자신의 마음을 열어 보일 용기가 없다고 느껴진다. 아직 한국인들은 심리상담을 받으면 자신이 이상한 사람으로 비칠까 걱정을 많이 하는 것 같다.

그리고 사람들은 자신이 이전보다 좀 더 행복하고, 즐겁게 살기를 바라는 마음에서 심리치료에 참여한다. 그런데 아무리 심리상담에 열정적인 사람들도, 나아지는 데 자신의 책임이 필요하다는 것을 깨닫는 순간, 열에 아홉은 한두 달 안에 상담을 그만둔다고 한다.

심리치료는 우리를 행복하고 즐겁게 만들어주는 과정이 아니다. 물론 상담을 잘 완수하면 그렇게 될 수도 있다. 그런데 상담은 우리가 심리적 위기에 처했을 때 극복할 수 있는 법과 삶을 더욱 효율적으로 살아가는 데 도움을 주는 과정이다.

예수가 말한 대로 '부름을 받은 자는 많지만, 선택된 자는 적다.'라는 이야기가 있다. 이것은 심리치료에도 그대로 적용된다. 심리상담에 참여하는 사람은 많지만, 그 과정을 끝까지 완수하는 사람은 소수이다. 그 이유는 게으름이 우리의 앞길을 막고 있기 때문이다.

스캇 펙 박사가 하는 이야기는 우리는 하나님이란 존재의 실체를 깨달았으면, 자신의 인격을 끌어올려 그와 같은 삶을 살아가도록 노력해야 한다고 했다. 그런데 여기서 많은 사람이 소스라치게 놀란다. 내가 왜 그렇게 힘든 인생을 살아야 하느냐고 항변한다.

이들은 인생이 원래 그런 것이라는 것을 간과한다. 부처도 인생을 사해 가운데 가장 고통스러운 바다, 즉 고해라 말했다. 인생을 살아간다는 것은 기쁨과 즐거움만 있는 것이 아니다. 삶에는 고통과 괴로움도 있는 법이다. 이것을 불교에서는 사바세계라 했다.

즉, 참고 견디며 살아갈 만한 세상이라는 것이다. 우리는 인생에 조금은 인내하는 자세로 살아갈 필요가 있다. 그런데 감각적인 사람들은 인생은 그저 즐거운 것이어야 하고, 괴로움이 자신에게 주어지면 안 된다고 생각하며 살아간다.

그래서 그들에게는 인생에 크고 작은 문제가 생기는 것이다. 원래 인생은 '희노애락'이라는 말을 쓰지 않더라도, 굴곡이 따르는 것이다. 현명한 사람들은 겸손한 자세로 인생을 살아가기에 고난이 주어질 때 고요히 감내하고, 기쁨이 와도 고요히 즐긴다.

심리상담은 혼자서 인생의 지혜를 깨닫지 못한 사람들에게 꼭 필요한 과정이라고 생각한다. 더구나 현대는 가정의 기능이 약화하고, 좋은 가정이 적어졌다. 즉 역기능 가정이 많아져 그 속에서 아이들은 적절한 양육과 어른으로 성장하는데 필요한 기술을 익히지 못한다.

부모들은 곧잘 '아이들이 크면서 문제가 저절로 사라질 것이라 봤어요.'라고 핑계를 댄다. 그런데 그것은 게으름의 다른 말이다. 사람들은 심리적 엔트로피의 영향에 따라, 가만히 놔두면 저절로 퇴행 되고, 성장이 멈추게 된다.

그래서 많은 사람이 심리치료라는 부지런히 자신을 돌아보는 과정에 참여하면 좋은 이유이다. 혼자서는 고비가 많은 인생의 길을 잘 걷기가 힘들다. 우리는 그 길을 가는데 전문적인 교육을 받은 심리전문가들에게 도움을 받으며 길을 가면 좋다.

나도 20대 후반에 결정적인 위기가 없었으면, 심리상담을 받는 걸 몇 년 뒤로 미뤘을 가능성이 컸을 것이다. 문제가 바로 기회인 이유가 여기에 있다. 알코올 중독이나 우울증을 앓는 사람들은 다른 사람들보다 심리치료 기회에 더욱 잘 노출된다. 모든 일에는 장단점이 있는 것이 맞다.

4. 독학

변화경영사상가 구본형 선생님은 생전에 많은 칼럼을 쓰셨다. 그중에서 직장인들의 재교육에 관해 많은 이야기를 남기기도 했다. 피터 드러커도 이런 말을 남겼다. "약 100년 전에 세워진 미국의 경영대학은 그동안 단지 쓸만한 사무직원들만을 양산해 왔다."

그러니까 학교 교육은 우리가 인재로 성장하는 데 필요한 적절한 과정을 제공하고 있지 못하다는 것이다. 그 이유는 세상이 너무 빠른 속도로 변화하고 있고, 다수를 가르치기 위한 교육 과정은 모든 사람에게 일률적으로 적용될 수 없다는 것이다.

그래서 독학은 점점 지식화 시대를 살아가는 우리에게 매우 중요해졌다. 구본형 선생님은 독학 없는 배움이 없다고 말할 정도이다. 직장인들은 보통 고객을 위해 일한다. 고객이 없는 직장인은 없다. 이제 고객은 상사가 아니라, 자신의 서비스를 제공받는 자다.

이제 직장인은 스스로 배워야 한다. 상사나 동료가 우리를 가르칠 수 없다. 이제 차별화의 시대가 되었기 때문이다. 혁신은 남을 따라 하는 게 아니라, 다르게 하는 것이다. 이는 곧 자기 속에서 유일함을 찾아내야 한다는 것이다.

피터 드러커 또한, 사람은 자신이 잘하는 방식으로 일할 때 높은 성과를 낼 수 있다고 했다. 그리고 자신이 좋아하는 형태대로 일할 때 역시 성과가 높다고 했다. 이것은 스스로 탐험해서 알아내야 하는 사항이지, 남이 어떻게 가르쳐 줄 수 있는 것이 아니다.

독학 중에서 가장 도움이 되는 게 독서다. 즉 책 읽기인데, 맹자가 말한 '잃어버린 마음을 찾는 일'이 대표적인 독서의 유익이다. 우리가 살아가는 사회는 사람들이 모여 있다. 그리고 지금은 인문의 시대인데, 사람의 마음을 알지 못하고는 경영할 수 없는 세상이다.

책은 글쓴이의 정수가 담겨 있다. 나도 책을 몇 번 써 봤기에 잘 아는 사실이지만, 책은 곧 자신을 나타내는 최고의 수단이다. 어찌 허투루 쓸 수 있겠는가? 그러니 먼저 자신의 배움에 충실한 사람은 책을 읽는다. 이것이 독학의 첫째 사항이다.

둘째는 나도 잘 지키지 못하고 있지만, 자신이 일하고 있는 현장에서의 배움이다. 나는 전화로 영업 일을 한다. 주로 혼자서 전화통을 붙잡고 일을 해서 다른 사람의 간섭이 적다. 그런데 이 일도 잘하는 사람이 있어, 때로 그들을 본보기로 삼으며 일하면 도움이 된다.

대학 때 책 읽기를 즐겼는데, 직장에 들어와서 책을 읽으니 전혀 다른 관점에서 이해가 됐다. 즉 현장이 제공될 때는 미처 우리가 책 속에서만 느낄 수 없는, 수많은 다양한 우연적 요소와 기회를 살려 배움을 얻을 수 있다. 이것이 현장이 중요한 이유이다.

셋째는 정규 과정을 따라가는 것이다. 스스로 학습한다는 것은 해 본 사람은 알겠지만 수월한 일이 아니다. 이럴 때 도움이 되는 게 전문대학원 과정이다. 나는 심리치료를 오랫동안 받아 이 분야에 관심이 생겨, 상담심리대학원에 입학해 공부했다.

결국, 상담심리사 자격증을 취득하지 못해 그 길로 나가지는 못했지만, 그 과정을 거치며 나를 이해하는 데 많은 도움을 얻었다. 나에게 잘 맞지 않는 게 어떤 것인지 깨달을 수 있었고, 나의 성격적 특성이나, 강점 또한 알아낼 수 있었던 것 같다.

나는 대학 때까지 책을 전혀 좋아하지 않는 부류의 사람이었는데, 세상으로부터 고립되면서 혼자 할 게 없어진 많은 시간에 책을 읽게 됐다. 역시 세상일은 일장일단이 있는 법인 것이다. 한 5년 동안 손에서 책을 놓지 않고, 질문을 던진 게 20대의 유일한 나의 성과이다.

독학에 너무 길들여진 나는, 이제 사람들과 함께 공부하는 게 이로울 수 있다. 그동안 내 주관과 생각들로 꽉 차 있는데, 이것을 사람들과 소통하며 보편성과 객관화를 얻어낼 수 있으면 좋겠다. 역시 나이가 들어갈수록 균형의 중요성을 깨닫게 된다.

공부는 엉덩이로 한다는 말이 있다. 이것도 독학을 나타내는 용어겠다. 공부를 점점 하다 보면 우리는 남이 써 놓은 것을 배우는 게 아니라, 자기 속에서 의문이 생기고, 표현해내고 싶은 욕구를 느낀다. 이렇게 되면 잘 배우는 것이고, 이때 글로 쓰면 영혼이 담긴 글쓰기가 된다.

청춘을 다시 산다면 7
: 건강하게 살아가는 사람이 많아져야 한다

어렸을 적부터 책을 보는 습관이 길러지지 않아서, 나의 경우에는 글쓰기가 단조롭다. 기교도 거의 없고, 묘사력 또한 떨어진다. 난 그냥 내 삶에서 건져 올려 바로 글쓰기로 직진한다. 인생 또한 다양한 풍광을 담고 살지 않아서, 나의 내면에는 풍성함이 부족하다.

소설과 다양한 분야의 책을 읽으면 표현력 또한 살아날 것인데, 외곬 성향인 나는 아직 그러한 시도를 못 하고 있다. 즉 대학에서 기를 수 있는 대중 교양이 내게는 없다. 아쉽게도 한국의 대학에서 이런 교육은 진행되지 않는 것으로 안다.

난 며칠 밥을 굶은 사람이 음식을 먹듯이, 허겁지겁 책 읽기에 빠진 경우가 대단히 많다. 물론 이것도 장점이 있다. 우선 흡수력이 대단히 빠르다는 것이다. 그리고 책을 무척 재밌게 읽게 된다.

단점은 역시 단편적인 책 읽기에 그칠 수 있다는 것이다.

나의 경우에는 또한, 부모님으로부터 안정적인 가정환경에서 양육되지 못한 점이 있다. 그래서 어렸을 적부터 세상을 편안한 곳으로 느끼지 못하고 항상 불안했다. 이것은 자존감이 높은 환경에서 성장한 아이들과 다르게, 세상 적응력 또한 떨어지게 했다.

좋은 부모라면 역기능 가정을 만들지 말아야 한다. 이것은 아이가 반대로 부모를 정서적으로 돌보는 상황이 펼쳐진다. 그래서 그런 환경에서 자란 자녀들은 아이다운 삶을 살아보지 못하고 바로 어른으로서의 인생을 산다. 이것이 한 사람에게는 큰 결핍을 초래한다.

이런 자녀들은 항상 마음이 공허하고 무의미함을 잘 느낀다. 무엇을 해도 만족스럽지 않고, 자기의 정체성에 대한 혼란으로 스스로 누구인지 잘 파악할 수도 없다. 스스로 자신을 사랑하는 어른이라면 어린 자녀에게 이러한 환경을 물려주지 않을 것이다.

다행히 한국도 아이들의 인권이나 살기 좋은 나라로 변화하고 있다. 그런데 아직도 건강하게 기능하는 가족은 많이 없다. 심리치료에 관한 인식이 지금도 부정적인 단계에 머물러 있는 것을 보면 알 수 있다. 자기 마음의 상처를 드러낼 수 있을 때 한국은 진일보할 것이다.

지혜로운 청년들이 많다면, 대학 때부터 자신에 관한 탐험을 시작할 것이다. 그때가 성인으로서 자기의 삶을 스스로 책임질 수 있고, 또한 대학에 많은 자기 탐색 프로그램이 있다. 나도 잘 알지도 못했고, 용기 부족으로 참여하지 못했지만, 지금 대학은 환경이 다를 것이다.

용기 내어 젊은 시절부터 세상과 만나면 좋다. 보통 한국에서 자라면 마마보이나 파파걸이 되기 쉬운 환경이다. 그 좁은 범주를 탈피하려면, 청춘 때부터 다양한 시도를 하면 좋다. 먼저 자신의 마음이 가는 대로 행동해 보는 대담함이 필요하다.

그리고 최대한 이른 시기에 부모님의 집에서 나오면 좋다. 나의 경우에는 서울로 대학을 오게 돼 자연히 분리되었지만, 누군가는 '등 기댈 곳만 있어도 집 나오라' 했다. 어른이란 그렇게 의존을 끊어내고, 스스로 자립하고 독립해서 살아가는 상태를 말한다.

이런 과정이 혼자서 쉽지 않은 청춘들이 있다면, 나는 이들에게 심리치료와 집단상담을 강력히 추천한다. 이 과정에 참여하면 우선 자신의 상황을 객관적으로 파악하는 데 많은 도움이 된다. 그리고 우리가 어려서 부모로부터 받지 못한 사랑을 채울 수 있다.

나의 이야기를 읽어온 사람은 잘 알겠지만, 내가 인생에서 성공한 경험은 매우 적다. 나는 젊음의 길에서 끊임없이 소낙비를 맞아야 했다. 그런데 이것은 나만이 겪은 체험이 아닐 것이다. 옛말에도 젊어서 고생은 사서도 한다, 라는 말이 있지 않은가?

그나마 나의 경우 다행인 것은, 심리치료의 과정을 30살에 뛰어들었다는 점이다. 물론 이것도 사람에 따라 시기가 다르게 느껴질 것이다. 하지만, 나의 경우에는 고등학교 2학년 때부터 신경증이 나타난 것을 보면 결코 이른 시기에 치료를 받게 된 것이 아니다.

스캇 펙 박사는 '호미로 막을 것을 가래로 막는다.'라는 속담을 들며, 심리치료는 될 수 있으면 일찍 받으면 그 후 경과가 확실히 좋다고 했다. 이것이 상식적인 이유는 병은 그것을 빨리 알아차리면 낫기 쉬운데, 그 반대의 경우에는 좀처럼 낫기 어렵다고 한다.

그러니 이 글을 읽는 사람들이 있다면, 자신에게 어떠한 심리적 장애나 걸림돌이 있는지 파악해 보고, 용기를 내어 심리치료의 과정에 뛰어들어보자. 그러면 이전보다 효율성 높은 인생을 살 수 있고, 마음도 더욱 여유로워지는 자신과 만날 수 있게 될 것이다.

또한, 젊은이라면 지금 시대는 평생직장이 사라진 시대라는 걸 감지할 것이다. 이제 어느 회사에 다닌다는 것은 결코 자랑할 것이 못 된다. 그것보다는 나는 어떠한 전문 분야에서 일하고 있습니다, 는 자기의 직업을 드러내고 알려야 한다.

그리고 자신의 전문성 또한 자격증이나 학벌에서 주어지는 시대는 지났다. 그것은 끊임없는 자기 계발이나 재학습의 과정을 거쳐 지닐 수 있다. 그래서 스스로 자신을 가르치는, 즉 독학이 중요한 시대로 접어든 것이다. 발심이 초심보다 어렵다는 것은 이 경우를 말한다.

지금은 많은 아마추어의 시대이다. 즉 다양한 취미를 가진 사람들의 세상이라는 말이다. 지금이 지식과 정보 사회이기 때문에 가능하다고 생각한다. 그러니 자신의 취미에서 평생 직업의 힌트를 얻자. 그래서 아마추어 단계를 벗어나 어느 시기에는 프로로서 변모하자.

인생을 산다는 것은 이렇게 자기에게 어울리는 삶을 찾아가는 과정이다. 이것은 공짜로 얻어지는 것이 결코 아니다. 변화경영사상가 구본형 선생님은 자기 자신에게 하루의 2시간을 투자할 것을 이야기했다. 스스로 연구하는 시간을 투입해야 전문가로서 세상에 설 수 있다.

성공의 기준은 사람마다 다양할 것이다. 그런데 훌륭한 분들의 경우를 보면 다수가 자기 자신이 되어 사는 것을 말한다. 즉 자기답게 사는 것이 지금 시대에는 성공이다. 이것은 자신이 아닌 것을 버리고, 본질적인 자기만을 남기는 상태를 말한다.

젊은이라면 이런 점을 바로 알아차리고, 20대부터 자기를 가꿔가면 좋을 것이다. 안타깝게도 나의 경우에는 열등감에서 비롯된 반작용으로 움직였지만, 현명한 청춘이라면 자발적인 동기와 순수한 호기심으로 자기를 이끌어 올릴 것이다.

자서전 Ⅷ. 행복

"자신이 할 수 있는 만큼만
목표를 세우고 살기 때문입니다."

- 홍성남

1. 천직

우리가 행복을 느끼려면 자신이 잘할 수 있는 일을 하고 살아야 한다. 즉 자기 강점이 바탕이 되고, 재능을 발휘하는 일을 하고 살면 좋다. 특히 남자들의 경우에는 사회생활을 중시하고, 여자들보다 가정에 덜 집중해, 이 부분이 중요할 수 있다.

우리가 깨어있는 시간의 3분의 2를 일터에서 보낸다. 그곳에서의 시간이 만족스럽다면 우린 하루 대부분이 행복하다. 그런데 현실에서 자기 일에 최선을 다하는 직장인은 적다. 그러다 보니 우리는 불성실한 일꾼이 되고, 불량품을 가끔 생산한다.

내가 좋아하는 신화학자 또한 천복의 중요성을 강조했다. 그분은 우리가 천복을 좇으면 옛날부터 예비 되어 있던 자신의 길로 들어설 수 있다고 했다. 그러니 '천복을 좇되 두려워하지 말라'라고

이야기하고 있다. 우리는 인생에서 때로 용기를
낼 필요가 있다.

나의 경우에는 20대 초반부터 자기 계발이나 경
력 쌓기에 집중했다. 열등감이 심했고, 불안정한
경제적 가정환경은 나를 강박적으로 몰두하게 했
다. 그래서 잘 진행되지는 않았지만, 대학에 입학
해서 법무사 시험에 빠졌고, 일을 매우 중시하는
사람으로 살았다.

아마 내 사정을 잘 모르는 사람들은, 일중독자나
뭔가에 홀린 사람처럼 나를 바라봤을 것이다. 그
만큼 내게는 안정적인 일을 갖는 게 절실했다. 이
것은 나의 신경증과 게으름 때문에 잘 실행되지
않았다. 그래서 열정이 높았던 것만큼 난 크게 좌
절하고, 실망하게 됐다.

괴로운 마음으로 방황하던 그 시절 우연히 구본
형 선생님 홈페이지를 자주 방문하게 됐다. 그곳
은 내게 마치 황홀한 공간처럼 느껴졌다. 결국, 고
시 공부를 접기로 결심하고, 광고회사에 취업하려

고 준비를 하려던 찰나, 내겐 어머니와의 갈등이 불거졌다.

구본형 선생님을 만나며 준비를 잘해서, 사회에 진출하려고 했는데 그 희망이 무너지면서 난 크게 넘어졌다. 그 여파로 대략 30대 전부를 정신을 잃고 살게 됐다. 취업은 그나마 정신과 선생님과 상담하며 마음을 추슬러 주간지를 전화로 판매하는 곳에 입사했다.

청춘 때 나의 꿈은 매우 컸다. 공익 변호사나 훌륭한 판사가 되어 의미 있는 일을 하고 싶은 열망에 부풀 때도 많았다. 하지만, 정신이 퇴행되었던 내가 현실적으로 취업할 수 있는 회사는 많지 않았다. 그때 난 현실을 빨리 받아들였던 것 같고, 첫 취업에 만족했다.

나의 천복에 해당하는 일은 아니었지만, 난 매우 열심히 일했다. 당시 나의 희망은 광고 카피라이터가 되는 것이나, 임상심리전문가가 되어 심리치료 전문가가 되는 것이었다. 당시의 난 재밌어서 일을 하는데 돈까지 준다니 너무 기쁘다, 라는 마음으로 일을 했다.

시간이 어느덧 많이 흘러 이 일을 한 지 벌써 10년이 지났다. 주간지 영업을 하며 기쁠 때도 있었고, 괴로운 시절도 겪었지만 요즘 철이 조금 드는지 내가 하는 일 그 자체에 만족하고 있다. 모두 법정스님의 책과 심리상담 그리고 훌륭한 작가들 덕분인 것 같다.

마음속에서 욕심이 사라지니 내 삶의 만족도 또한 높아졌다. 한때는 매우 공허하고 무의미를 많이 느꼈는데, 이제는 조금씩 내 인생을 찾아간다는 마음이다. 또한, 나는 불안이 매우 심한 사람인데 미래를 두려워하지 않으니, 요즘 마음이 많이 안정되는 것 같기도 하다.

한때는 심리상담가의 일을 하며 보람 있게 살고 싶었는데, 그 길은 아직 나와 잘 맞지 않다고 판단되었다. 그리고 내가 희망하는 유일한 일은 작가다. 주제는 당연히 온라인에서 행복연구소를 운영하고 있으므로, 사람들의 건강한 삶에 관한 내용이다.

이제 어떠한 일을 하느냐에 초점을 맞추지 않게 됐다. 미래는 우리의 계획대로 되지 않을뿐더러, 내가 의도하고 싶은 마음도 적다. 앞으로는 내가 지금 하고 있는 일에 최선을 다해 집중하려 한다. 지금 이 순간을 최대한으로 잘 보내는 것이 잘 사는 것이라는 것을 깨닫게 됐다.

그렇다 하더라도 사람의 마음은 또 그런 게 아닌 것 같기도 하다. 난 행복을 주제로 글 쓰는 작가를 욕망한다. 다만 이것을 이루는 방법과 시기에 관해서는 마음을 내려 놨다. 난 10년이고, 20년이고 쓸 것이다. 그러다 되면 좋고, 안 되면 다른 길이 있겠지 싶다.

2. 절친

"친구는 한 명이면 족하고, 둘은 많고, 셋은 불가능하다."라는 말이 있다. 나 또한 사람 범위가 좁은 사람이라 이 이야기에 동의한다. 사람은 진정한 친구가 한 명 있으면 마음 편히 살아갈 수 있는 것 같다. 나는 아직 이런 친구 한 명을 사귀지 못하고 있다.

내 마음과 같은, 나를 온전히 이해하고 신뢰하는, 가끔 만날 수 있는 지기 한 명 있으면 인생은 살만하다. 삶에서 결국 남는 것은 사람이고, 그중에서도 친구가 대표적이다. 사람에게는 의리라는 게 있으므로, 믿을 수 있는 친구 한 명 남기고 죽는 사람은 행복하다.

관중과 포숙아의 우정인 관포지교가 대표적이다. 관중은 집도 어렵고, 홀어머니를 모시고 있고, 전쟁에서도 져 도망쳤으며, 임금과 명을 같이 하지 않았다. 그런데도 그때마다 포숙아는 관중을 모자라다거나 어리석다고 하지 않고, 오히려 그를 중용할 것을 이야기했다.

인생을 살아본 사람들은 잘 알겠지만, 자신을 믿어주는 사람을 만나기가 쉽지 않다. 더구나 스승의 역할까지 할 수 있는 사람을 만나기는 더욱 어렵다. 자기의 마음을 낮출 수 있는 사람은 스승을 만날 수 있다. 그런데 스승은 땅으로 내려와 친구가 될 수 있어야 한다.

서로에게 스승이 되어줄 수 있는 친구를 가진 사람은 행복할 것이다. 이런 관계는 매번 새로울 수 있다. 이들은 사흘만 헤어졌다가 만나도 괄목상대하듯 눈을 비비고 서로를 마주하는 관계이다. 자신을 새롭게 하는 사람은 그런 친구를 만날 수 있다.

내가 존경했던 구본형 선생님은 항상 아름다운 풍광마다 좋은 사람들과 함께 했다. 선생님은 그만큼 마음이 넉넉하고 사람을 사랑하시는 분이셨다. 나는 태생이 마음이 좁은 사람이라, 법정스님처럼 독거가 좋고, 홀로 지내는 걸 즐겼다. 아직 사람을 마음에 못 담고 있다.

하지만, 난 아름다운 삶의 모범을 보았기에 포기하지 않을 것 같다. 우리가 살아가다 기쁨을 나누고 싶은 사람이 생긴다면, 그 사람이 동성이면 좋은 친구가 될 수 있고, 이성이면 사랑하는 애인이 될 수 있다. 마음이 열려 있는 사람은 언젠가 그런 사람을 만날 수 있다.

20대의 나는 빨리 성공해야 한다는 마음이 컸으므로, 친구들과 잘 어울리지 않았다. 당시의 내 눈에 동기들은 너무 무책임하고 불성실한 삶을 사는 것처럼 보였다. 나의 마음이 불안정했던 것만큼 더욱 난 고립되었고, 동기들과 겉도는 생활을 했다.

나는 후회하는 성격이 아니어서, 그러니까 그때는 그럴 수밖에 없는 이유가 있는 것이다. 그러므로 나를 계발하고 성실하게 지냈던 시간에 자부심을 느끼기도 한다. 물론 지금 돌아보면 균형 있게 공부도 하고, 친구 관계도 잘 맺었으면 가장 좋을 것이다.

그때 못한 게 아쉬움이 있으면, 난 지금 하면 된다고 생각하는 부류의 사람이다. 난 생각보다 진취적인 생활 태도를 지니고 있다. 그리고 사람은 어느 것 하나 뚝딱 생각을 바꾼다고 금방 변화하는 존재는 못 된다. 그저 원하는 게 있으면 하나씩 시도해 보면 좋을 것이다.

대인공포증이 있었던 내게 사람은 영원히 내 인생에서 풀어야 할 주제가 될 것 같다. 구본형 선생님을 처음 만나고 한 달 후에 듣게 된 말씀도 "신웅아, 많은 사람을 만나 보아라."였다. 선생님은 젊은이들에게 항상 용기를 북돋아주고, 두려워하지 마라, 고 했다.

많이 내향적인 나는 사람을 만나면 에너지를 뺏길 때가 있다. 그렇다 하더라도 사람이 산다는 것은 사람과의 만남이 전제된다. 사회란 그렇게 짜여 있기 때문이다. 많은 사람을 품지는 못하더라도, 앞으로 내가 만나는 사람들과는 최선의 관계를 맺어나가야겠다.

그러다 보면 내게도 절친이 많이 생길 수 있고, 사람과 마음을 많이 나눌 수도 있겠다. 결국, 나이가 들어가며 느끼는 것도 사랑에 관한 것이다. 그 중에서도 사람을 향한 사랑이 중요할 것 같다. 벌써 마흔세 살인데 이제라도 내 틀을 과감히 깨고 나와 사람과 함께 해야겠다.

지금까지 친구에 관해 조금 이상적으로 이야기한 느낌이 없지 않다. 하지만, 같은 길을 가는 동료 혹은 친구 한 명 있으면 사람의 마음은 따뜻해진다. 인간관계가 삭막해지는 시대인 것 같기도 하지만, 우리 좋은 친구 한 명 정도는 곁에 두고 살면 좋겠다.

3. 연인

연인하면 트리스탄과 이졸데의 사랑이 마음에 들어온다. 트리스탄은 삼촌의 배필을 우연히 사랑하게 된다. 둘은 사랑의 묘약을 나눠 마시고 운명적인 사랑에 빠진다. 트리스탄은 이때 이렇게 외친다. "사랑 때문이라면 지옥의 고통도 기꺼이 받겠다."

안타깝게도 난 열정적인 사랑을 많이 못 해 본 것 같다. 우연히 사내 연애에 빠지면서, 내가 사랑하는 여자와 처음 연애를 한 경험은 있다. 그때 난 그 친구를 무척 사랑했다. 단점이 많은 여자이기도 했지만, 난 개의치 않고 귀여운 그녀에게 빠져 들었다.

머리 화상으로 어려서부터 가발을 쓰고 생활했고, 어머니로부터 자존감이 낮게 양육되어 난 수줍음과 부끄러움이 무척 많게 자라게 된다. 더욱이 여자 아이들 앞에서는 더욱 수줍음을 탔다. 그

래서 많은 연애를 못 했지만, 그 친구와의 사랑은
인상 깊게 남는다.

내가 마흔세 살인 지금까지 실제로 경험했던 유
일한 여자 친구였다. 이 아이와는 성격이 달라 많
이 다투기도 했지만, 또 비슷한 면도 있어 사귈
때는 재밌게 만났다. 여러 번 헤어졌다 만났다 반
복하긴 했지만, 난 만날 때마다 최선을 다해 사랑
하고 싶었다.

결국, 오래 만날 수 없는 관계로 결정을 내려서
이제는 사귀지 않는다. 난 당시에 내 사랑에 충실
했으므로 미련은 남지 않는다. 다만, 이제 주는 사
랑의 힘을 알게 되면서, 그때 그 친구에게 더 사
랑을 주지 못한 아쉬움은 조금 있다.

나도 인간인 이상 사랑과 애정의 욕구를 느끼므
로 연애를 많이 하고 싶다. 하지만, 난 이상하게도
여자에게 잘 다가가지 못했다. 그래서 자연스럽게
실제 연애는 하지 못하고, 연애를 머리로 배우게
됐다. 즉 연애 이론만 빵빵해진 부류가 된 것이다.

내가 좋아하는 작가는 연애는 몸과 필로 하는 것이라 했다. 이 말이 정말 맞는 것 같다. 그런 느낌으로 이성에게 다가갔을 때 대부분 내 매력을 어필할 수 있었다. 그리고 실제로 몇 사람과는 짧게 사귀기도 했다. 연애의 제 1 법칙이 들이대는 것이라 했다.

연애에 있어 남자가 가진 매력이 있다. '오로지 정면으로, 직선으로, 액면가로 들이대라.'했다. 그런 자에게 여심은 결국 향할 것이다. 남자의 매력이 이렇게 능동적인 것이라면, 여자의 매력은 수용성과 부드러움에 있는 것 같다.

그렇다면 나의 매력은 무엇일까? 나는 우선 착하다. 그리고 상대를 배려한다. 이것은 너무 예의를 갖추고, 위축되는 느낌을 주기도 한다. 또한, 진실하다. 난 연애할 때 속이지 않는다. '가진 것만 갖고 연애하라'고 할 정도로, 있는 그대로 사랑하는 게 좋다.

사랑을 잘하는 사람들은 연애 상대를 '있는 그대로의 자기로 존재하고 느끼게 해 준다.' 그래서 이런 연애에 빠진 사람들은 자기가 누군지 더욱 잘 알게 된다. 진짜 사랑을 하면 우리는 그렇게 자기를 이해하고, 사람과 세상에 관대해지게 된다.

사람 관계도 넓지 않아, 난 친구도 많지 않았지만, 연인 또한 많이 사겨보지 못했다. 지금은 지금이 아니면 할 수 없는 것을 할 시간이다, 라는 말을 좋아한다. 연애는 젊어서 할 때 더욱 아름답고 열정적일 수 있는 것 같다. 그래서 그렇게 많은 사람들이 사랑을 외친다.

요즘 일본의 20대 남자는 연애 경험이 없는 사람이 절반이 넘는다고 한다. 초식남을 넘어 절식남이 되었다는 우스개가 있다. 이것은 한국의 20대 남자에게도 보이는 현상 같다. 사회 환경이 어떠하든 청춘은 그 시절을 살아야 한다. 그래야 인생에 후회가 남지 않는다.

사람은 뭘 해서 후회하는 경우보다는 그것을 하

지 않았기 때문에, 나이 들어 후회한다는 말을 들었다. 성공했느냐, 실패했느냐는 진실로 중요하지 않다. 소중한 것은, 나의 마음을 배반하지 않는 것이고, 젊어서는 자신의 한계를 넓혀 나가는 모험심이 필요하겠다.

인생에 적절한 시기라는 건 사실 없다. 언제나 지금 이 순간이 가장 빠른 법이다. 그래서 나 또한 이제 곧 중년의 나이에 들어서겠지만, 연애를 하고자 하는 마음을 접을 생각은 없다. 그리고 지금은 자기 나이에서 10살은 빼고 계산하라 했다.

열린 마음을 지니고 살아가는 게 이렇게 중요한 법이다. 그런 사람은 항상 청춘의 마음으로 살 수 있고, 이런 사람에게는 우연적인 만남이 생기게 된다. 연애보다 우연적 요소가 작용하는 게 없다. 언제나 마음을 열고, 우리 사랑을 하자.

4. 종교

종교는 거듭나는 것이다. 예수가 말한 대로 '물과 성령으로 새롭게 태어나지 않는 자'는 진정한 종교인이 아닐 것이다. 그리고 칼 융이 말한 대로 종교는 '위대한 위험'이기도 하다. 자기를 모두 비우고, 신을 자신 안에 받아들여야하기 때문이다.

아직 난 종교에 관해 많은 이야기를 할 사람이 못 된다. 독실한 종교인도 아니고, 신을 진실로 믿고 있지도 못하다. 지금은 회의론자이지만, 종교를 믿어보고 싶은 사람에 가깝다. 난 그저 법정스님의 책을 보며 종교를 이해하는 것이 전부이다.

종교는 먼저 자비심을 가져야 한다. 즉 이웃을 사랑해야 하고, 어려운 사람을 보면 도와야 한다. 그 다음에 원을 가져야 한다. 이것은 개인적인 욕심이 아니라, 그 차원을 넘어서는 소망이다. 나와 남이 함께 잘 되고, 잘 살기를 바라는 마음이다.

법정스님은 수행자로서 타고난 분 같다. 그분의 글을 읽고 있으면 마음이 넉넉하고 따뜻해진다. 맑은 마음을 갖게 되는 것은 기본이고, 나도 수행사와 같은 삶의 자세를 지니고 살아가고 싶게 만든다. 그리고 매사 충실히 이 순간을 잘 살고 싶게 한다.

우리가 살아가는 인생에서 종교는 더욱 우리를 행복하게 만들어줄까? 이것은 나의 대학원 졸업 논문 주제와 비슷하다. 사정이 있어 논문을 쓰지 못했지만, 이 물음은 지금도 갖고 있다. 난 더 행복하게 해 준다는 쪽이고, 많은 종교인이 긍정하고 있다.

종교에 관해서 나를 이끌고 있고, 더 끌어당기는 분은 스캇 펙 박사다. 이분의 책을 읽고 있으면 종교의 매력에 흠뻑 취한다. 나의 뿌리 깊은 나르시시즘을 벗어나게 해 주고, 인생에서 적절한 포기를 도와준다. 즉 나를 더욱 단순하게 하고, 영적으로 깊게 해 주신다.

가장 처음 내게 종교의 기쁨을 느끼게 해 준 분이기도 하다. 난 실제 삶에서 책의 영향을 많이 받아 왔다. 이분의 책을 책상 위에 올려두고 항상 가까이하려 한다. 그리고 실제로 내가 교회를 나가고 싶게 만들어준 분은 변화경영사상가 구본형 선생님이시다.

선생님은 농담 삼아 술을 마시다가, 우연히 주를 자신 안에 모시게 되었다고 했다. 종교는 때가 되어 열매가 떨어지듯, 그렇게 자연스럽게 우리 인생에서 벌어지는 큰 사건이다. 법정스님도 중을 모집하는 광고가 없지만, 때가 된 사람은 제 발로 산에 들어온다고 했다.

나 또한 수행자처럼 종교에 빠져 들고 싶다. 처음의 절실했던 마음을 간직하고 종교를 믿고 싶다. 난 아직 너무 진지하거나 극단적으로 생각하는 버릇이 있다. 그래서 형식적으로 교회에 나가거나, 사람들을 만나 기도를 하는 것에는 낯설어 한다.

30대 중반에 교회를 5년 정도 다녔지만, 나에게는 종교심이 거의 생기지 않았다. 마음에 상처가 심해 나에게 더욱 집착하고, 자신을 놓아주지 못했다. 아직 마음에 허영이 심하고, 세상을 믿지 못하고 있고, 사람에게 마음 또한 열려 있지 못한 것 같다.

조셉 캠벨이란 신화학자는 우리의 인생 자체가, 갖은 고난과 여정을 통해 궁극적으로 하나님이란 존재를 깨우쳐 나가는 과정이라 했다. 현자들이 말하는 삶도 비슷한 듯하다. 자기 속의 놀라운 존재를 깨우고, 더욱 성숙하고 지혜롭게 자신을 끌어올리는 것이다.

정신의학자 스캇 펙 박사는 죽을 때까지 우리가 성장을 향해 나가야 한다고 했다. 프로이트가 말한 대로 무의식의 의식화, 즉 우리의 의식을 무의식과 일치시켜 나가야 한다. '지금의 자기 자신보다 좀 더 현명해지고 싶다면 자신의 내부에서 길을 찾아라.'

종교는 말로 떠드는 것이 아닌 것 같다. 오직, 행동으로 실천에 옮기고, 세상을 사랑하는 것이다. 많이 배워서 아는 것이 많다고 종교인은 아니다. 진정한 종교인은 그들이 믿음이 부족하여 행동하지 못할 때, 비로소 행동함으로써 빛나는 사람들이다.

한 인간의 위대한 척도는 고통에 처했을 때 진정으로 알 수 있다고 했다. 이들은 어떠한 고통의 순간일지라도 인간성과 진실을 놓치지 않는다. 역설적으로 이들은 고통을 고통으로 받아들이지 않는다. 그래서 결국 이들은 인생의 고통으로부터 벗어나게 된다.

종교는 이처럼 역설을 믿는 것이다. 착한 사람이 바보처럼 보이지만, 진실은 이들이 자신의 선함을 지킬 수 있는 힘을 갖고 있는 것이다. 머리가 가르치는 대로 살지 말자. 종교는 믿는 것이고, 위대한 위험에 뛰어들 용기와 모험심을 갖는 것이다.

청춘을 다시 산다면 8
: 자신에게 진실한 사람은 행복해질 수 있다

2015년부터 온라인에 나만의 연구소를 만들어 운영해오고 있다. 처음에는 심리치료연구소를 만들었다가, 다시 심리경영으로 이름을 바꿨고, 지금은 행복연구소를 운영 중이다. 이제 7년 동안 운영을 해 왔는데, 과연 나는 더 행복해져 있을까?

내가 더 행복해졌다고 말할 수는 없지만, 나 자신에게 조금 더 진실해진다고는 말할 수 있겠다. 세상을 향해 조금 용기를 내고, 사람에게 손을 한 번 더 내밀어보고, 나 자신을 좀 더 믿어보는 모험을 하고 있는 것 같다. 그렇다면 잘 살고 있는 것이다.

잘 사는 사람이 행복한 사람이라고 했다. 성공한 사람이 잘 사는 것이 아니고 말이다. 세상이 말하는 성공은 물질적인 것이다. 그런데 행복은 오히려 물질로부터 오는 게 아닌 듯하다. 진짜 행복은 마음에서 울려 퍼진다. 마음이 편안한 순간이 행복 아니던가?

젊어서는 나 또한 물질적으로 부유해지고 싶었고, 남에게 무시당하지 않을 위치에 서기를 원했다. 남들처럼 평범하게 결혼하고, 아이를 낳고 잘 살 줄 알았다. 그런데 지금 시대에 그것은 사치일 수 있고, 또 나는 긴 방황으로 삶의 속도가 매우 뒤처져 있다.

직업적인 측면에서는 열등감의 보상 심리로 큰 성과를 바랐지만, 세상은 내 뜻대로 되지 않았다. 성공적인 경력을 쌓고 싶은 마음의 작용이 컸기에, 이 부분에서는 후회보다 균형을 이루지 못한 것이 아쉬움으로 남는다.

물론, 그렇다고 내가 직업적으로 성공한 것은 아니다. 난 성공을 세상의 방식대로 정의하지 않을 배짱을 지니게 됐다. 지금 시대에 진정한 성공은 자기답게 사는 것이다. 지금까지 10년 동안 하고 있는 전화 영업 일은 내 천직이 아닌 것 같지만, 지금의 난 만족한다.

이 일을 평생하고 살아야한다고 하더라도, 난 이제 거부하지 않는다. 지금 이 순간의 삶 자체가 좋기 때문이다. 내가 무슨 일을 해서가 아니라, 그 일을 내가 어떻게 처리하는지에 이제는 더욱 관심이 간다. 혹여 전화 영업 일이 내 강점으로 느껴지기도 한다.

그리고 내가 관심을 가지고 있는 직업에는 작가가 있다. 솔직한 마음으로, 지금 당장 작가를 하며 글을 쓰고 사는 인생이면 나 또한 좋을 것 같다. 몇 년 전만 해도 솔직히 빨리 유명해져서 글만 쓰고 사는 인생을 실제로 꿈꾸기도 했다.

이제는 그것의 부질없음을 잘 알게 되었지만, 사람의 마음은 이처럼 간사한 것이다. 훌륭한 작가였던 구본형 선생님으로부터 작가는 대중을 향해 글을 쓰지 말고, 인류를 위해 글 써야 한다는 것을 배울 수 있었다. 즉 필요한 사람에게 전해질 글을 쓰면 좋겠다.

244

친구 관계는 현재 내가 가장 취약한 점을 보이는 부분이다. 사람은 내게 어려운 주제이다. 20여 년 동안 홀로 사는 인생에 익숙해져 있어, 이 영역에 변화를 쉽게 주지 못하고 있는 실정이다. 이것은 정신과 선생님과의 상담을 통해 마음을 넓혀 가야겠다.

친구는 내 부름에 대한 응답이라는 말도 있다. 즉 사람은 대접할 줄 아는 사람에게 모인다고 했다. 그동안 난 나를 최우선으로 생각하며 살아온 듯하다. 사람을 좋아하지 않는 것은 아닌데, 혼자에 익숙하고 병적으로 고립된 상태이기도 한 것 같다.

나 같은 사람에게 영적인 깨어짐이 필요하다. 지독한 나르시시즘에 빠져 있고, 성격 또한 외곬에 고집 또한 무척 세다. 세상으로부터 상처를 많이 받을수록 우리의 마음은 딱딱해져 있고, 차가워진다. 그 반대면 부드럽고 따뜻하겠다.

사람 속에서 훌륭한 삶을 사신 분들의 모범을

보았기에, 지금 무척 뒤처지긴 했지만 난 부지런히 쫓아갈 것이다. 난 내 삶의 길이 쓸쓸하고 황량한 벌판이기를 원하지 않는다. 푸른 나무가 우거져 있고, 주변에 시원한 시냇물이 흐르는 아름다운 길이기를 이제는 바란다.

이와 같은 마음으로 살아가다 보면, 좋은 사람들을 많이 만나게 될 것 같다. 그중에서 나와 더욱 영혼이 잘 이어지는 사람은 친구로 삼으면 좋겠고, 그런 사람이 이성이면 애인으로서 사랑에 빠졌으면 한다. 즉 세상 모든 일은 내게 달려 있는 것이다.

어느 한 사람하고도 목숨을 건 우정이나 사랑을 하지 못하는 사람은 불행할 것 같다. 사람이 살아간다는 것은 결국, 사람과 함께 울고 웃고, 때론 다투기도 하고 시끌벅적하게 어울리는 게 아닐까? 이것이 우리가 생명을 지니고 지구별에서 사는 이유이다.

살아있음의 황홀을 자주 느끼며 살라고, 노회한

신화학자는 이야기했다. 이것은 우연 속에 자신을 노출시킬 수 있는 용기를 지녀야 가능할 것이다. 젊어서 난 모험을 했다고 생각했는데, 잘 살펴보면 그것은 일종의 객기였지, 진정한 용기는 아니었던 것 같다.

믿을 수 없는 순간에, 믿는 것을 진정한 믿음이라고 했다. 청춘 때 머리로는 신나게 살아본 것 같다. 이것은 결국 두려움의 다름 아니었음을 깨닫게 된다. 현자들은 젊은이들에게 '두려워하지 말라'라고 했다. 뒤늦긴 했지만, 나 또한 다시 용기를 내려 한다.

그중에는 종교도 포함될 것이다. 우선 법정스님이 나를 매우 편안하게 해 주신다. 내가 가장 자유롭고 나다울 때는 스님의 글을 읽고 있는 순간이다. 스님 덕분에 인생을 때로 허허롭게 느끼기도 하고, 천진난만하고 유유자적하게 살아보고 싶은 마음도 갖게 된다.

다음으로 마더 테레사 수녀님에게 마음이 많이

간다. 수녀님을 잘 알지 못했지만, 수녀님 옆에서 오랫동안 사진사로 지낸 분이 쓴 책을 우연히 읽고 마음을 완전히 뺏겼다. 자신이 원하는 인생을, 일생동안 묵묵히 걸어가신 모습에서 크게 감동을 받았다.

나는 위의 두 분처럼 철저한 수도자로서 살아가지는 못할 것이다. 하지만 두 분이 귀감이 되어 주셨기에, 뒤에 길을 가는 사람은 안심하고 따라갈 수는 있겠다. 좀 더 일찍 착하고 아름다운 인생의 길로 들어서지 못한 안타까움이 있지만, 뒤늦게라도 종교인이 되어 쫓아가고 싶다.

후기

: 29살에 그려 본 나의 30대

프롤로그 - '구본형 선생님으로부터 받은 가슴
떨리는 쪽지' 중에서 (2007년 12월)

"그러나 김신웅은 어떻게 질문해야 되는지 알고
있었다. 적절한 질문이 그가 길을 찾아 가는 데
도움을 주었다. 그는 책을 많이 읽었고, 그래서 글
맛을 잘 알고 있다.

그는 글을 쓰기 시작했다. 자신의 청소년 시절의
고뇌를 살과 피 속에 갈무리 해 두었기 때문에 그
는 상처를 통해 다른 아이들의 마음속으로 들어가
는 법을 안다.

그는 심리치료라는 통로를 통해 자신이 겪은 아

품을 창조적인 에너지원으로 활용했다. 그는 자신의 아픔을 자신을 치료하는 기제로 쓸 수 있을 만큼 현명했다. 왜 사람 앞에 서는 것을 두려워하는 지 왜 말하는 것을 두려워하는 지 왜 글 속에 자신을 감추는 지 이해했다. 그리고 자신을 먼저 치료해 주었다.

이제 그는 이해한다. 자신에게 주어진 우연한 비극들이 그가 인생의 지혜를 얻기 위해 지불한 대가이며, 세상과 소통하고 어둠 속의 사람들을 햇빛 속으로 끌어 내기 위한 수련이었다는 것을 말이다. 김신웅 심리 치료센터는 그의 상처가 다른 청소년들의 상처와 만나 깊이를 알 수 없는 심원한 에너지로 전환 하는 곳이다."

나의 30대, 10개의 아름다운 장면들

1
따스한 봄바람이 지나가고 뜨거운 햇살이 내리

쬐는 2008년 유월.......... 나는 아직도 배가 고프다. 아마 평생 그 허기는 채워지지 않을 거라 생각한다. 6개월 전 양평의 아름다운 그곳에서의 경험이 떠오른다. 단식의 불편함은 나의 정신을 깨어있게 했다.

2

중심을 잃지 않기에 오뚜기가 쓰러지지 않듯이 나도 그동안 많이 흔들리며 이 길을 걸어왔지만 더 아름답고 더 나은 세상에 대한 강렬한 열망은 쓰러지려는 나를 언제나 다시 일으켜 세우게 했다........... 숙제를 잊지 않는 한 보다 더 '나다운 사람'으로 살아갈 수 있을 것이라 생각하며, 곧잘 나를 위안하곤 했다.

3

5, 6년 전 아주 감명 깊게 읽은 어린 왕자와 연금술사를 다시 읽었다. 다시 보는 지금도 여전히 내게는 아주 많은 감동과 깨달음을 안겨준

다.............. 그리고 영어에 능숙해진 덕분에 그동안 책으로 읽고 마음에 담아두었던 세계 곳곳을 마음껏 누비고 다닐 수 있게 되었다.

4

몇 년 전 내가 연구원에 참여하고 싶었던 이유는 심리치료, 자아경영 전문가가 되는 길을 모색하기 위해서였는데 사람의 앞길은 알 수 없는 법인지....... 지금의 일도 나의 숨은 잠재력을 마음껏 끌어내는 일이라 만족스럽다. 그래도 아쉬운 감은 떨칠 수 없는 것 같다......... 그리고 몇 년 후 책이 한 권 나오게 되었다. 답이 있기에 책을 쓰기 시작한 것이 아니라 내 안에 끊임없이 질문을 품었기에 이 책은 탄생할 수 있었다

5

잔잔하던 내 마음에 바람이 일었다. 호수 위에 비친 반짝반짝 빛나는 햇빛처럼 나는 눈이 부셔 그녀를 바라볼 수 없었다.......... 나의 아픈 상처

를 감싸준 그녀를 바라보고 있을 때마다 나는 이
세상에 천사가 있다는 생각을 떨칠 수 없었고, 그
런 그녀를 나는 사랑하지 않을 수 없었다. 우리는
서로의 감각을 백 프로 끌어낼 정도로 잘 통했다.
대화를 하면 할수록 서로의 존재감은 한층 더 충
만해져갔다. 우리는 서로에게 깊이 빠져들어 지독
하리만큼 아름다운 사랑을 했다.

6

일은 여전히 내게 상당한 스트레스를 주지만 나
는 그 뻐근한 즐거움을 기꺼이 즐기고 있다. 이
일은 나에게 때론 많은 긴장을 유발하지만 이는
축구선수들이 경기장에서 시합을 앞두고 느끼는
긴장과 쾌감, 그것과 크게 다르지 않은 느낌을 내
게 주었다......... 오랜 시간을 지내온 동안 나는
수많은 짜릿함을 맛볼 수 있었다. 그 일을 마음껏
즐겨서인지 나는 이 분야에서 조금씩 이름이 알려
지기 시작했다.

7

그곳에서 내 하루의 절반 이상의 시간을 보낼 때가 많았다. 나는 그곳을 아주 좋아하고 그 공간은 나를 아주 많이 닮은 곳이었다. 나는 오래 전부터 이런 공간을 꿈꿔 왔다. 드디어 집에 니만의 놀이공간을 갖출 수 있었다. 나는 그곳에서 많은 책을 읽고 영화를 보며 그 시간들을 흠뻑 즐겼다. 그동안 서울의 작은 임대아파트라는 나만의 공간이 제약된 곳에서 지내서인지 이곳에 이사 온 날은 내 평생에 잊을 수 없는 하나의 소중한 추억으로 간직되어 있다.

8

그 날은 내게 매우 인상 깊은 날이었다. 이런 일은 내게 매우 희귀한 일이었다. 그 날 메일함을 열어 보고 나는 깜짝 놀랐다. 내 메일함에 편지가 한 가득 온 것이다......... 나는 이 분야에서 일하는 내내 기존과는 또 다른 새로운 형식의........ 나는 살아가면서 내게 느낌을 주는 모든 것을 연결했고............... 나는 끊임없이 기존 한계를 넓히기 위해 노력했다. 마사 그레이엄이라는 춤꾼이

자신의 모든 것을 춤에 바쳐 춤의 한계를 넓혀갔
듯이, 나도 내가 일하는 분야에서 그러하길 원했
다.

9

지난 10년 동안 1000권의 책과 500편의 영화를
아주 신나게 즐겼다. 나는 세상 그 무엇보다도 나
에게 신선한 감각과 창의적 시선을 맛보게 해 주
는 책이란 녀석을 맘껏 즐겼다. 이 녀석은 나를
아주 좋아했고 나도 그런 녀석을 좋아하지 않을
수 없었다. 우린 서로의 모든 감각을 깨워줄 정도
로 너무나 잘 통하는 사이였고, 그런 우리는 미치
도록 자주 만나 많은 이야기를 나눴다. 그리고 힘
들고 지칠 때나 울고 싶을 때 나는 영화에 기대어
편히 쉴 수 있었다. 영화는 그동안 내게 든든한
나무와 같은 존재였다는 걸 알게 되었다. 힘들고
지칠 때마다 나는 수시로 나무 밑으로 달려가 나
무와 함께 호흡하듯이, 나는 영화에 기대어 나의
지친 마음을 달랠 수 있었다. 책과 영화는 그동안
내게 지칠 줄 모르는 호기심과 내 일에 많은 영감

을 주기도 했다. 참으로 고마운 친구다.

10

이것은 끊임없이 내가 관심을 가져온 내게 무척
이나 흥미로운 주제였다. 지난 10년 동안의 시간
이 흐르면서 사람들의 입에서 이 단어는 더욱 자
주 흘러나왔다. 나는 지난 몇 년 동안 현장에서의
경험과 그동안 공부해온 심리학적 지식을 바탕으
로 책을 몇 권 내게 되었다. 그러면서 자연히 나
는 이름으로 조금씩 알려지게 되었다.......... 이때
까지도 나는 사람들 앞에서 말하는 것이 익숙하지
않고 부자연스러웠지만, 나만의 뚜렷한 차별성을
갖추고 있어서인지 그것은 별로 문제가 되지 않았
다. 아마 나의 경험과 공부가 밑바탕이 되고 내가
좋아하는 주제에 대한 강좌라서 내가 가지고 있는
모든 열정을 쏟아낼 수 있었기에 그런 것 같다.
시간이 지날수록 내 워크숍에 관한 관심은 늘어났
고, 사람들이 조금씩 나를 아주 좋아하기 시작했
다.

에필로그 – 나의 마흔 살 10년을 디자인해 보았다

그해 12월 강원도에는 유난히 많은 눈이 내렸다. 내가 어렸을 적에도 이렇게 많은 눈이 내린 기억이 있다. 눈이 얼마나 많이 내렸는지 한옥이었던 집의 문을 열 수 없을 정도였다. 올해도 그만큼 많은 눈이 내렸다. 그런데도 다행히 기차는 다녔다. 기차여행을 아주 좋아하는 나에게는 다행이다. 나는 청량리역에서 기차를 타고 차창 밖의 아름다운 풍경을 즐기며 고향 집 태백으로 내려갔다. 기차가 서울을 벗어나자 마치 영화 속 한 장면에 내가 들어온 것 같은 느낌이 들었다. 바깥의 쌀쌀한 추위 때문인지 기차 안의 온기는 나에게 한없이 따스하게 느껴졌다. 나는 예전부터 이러한 따스함을 좋아했다. 이런저런 공상에서 깨어날 무렵 기차는 태백역에 도착하고 있었다............. 며칠 후 나는 눈이 제법 많이 쌓인 태백산을 올랐다. 그곳을 오르며 내 삶에 최선을 다하고자 했던 나의 30대 10년을 되돌아보았다. 부족한 점도 많앉지만 스스로 축하해주고 싶었다. 그리고 나의 마흔 살 10년을 서른 살 10년과는 또 다르게 디자인해 보았다. 시간이 흐를수록 본래의 내 모습을 지닌 아름다운 꽃이 피어나길 나는 간절히 소망하였다.